지도를 모으는 소녀,
고래를 쫓는 소년

블랙홀
청소년 문고
008

지도를 모으는 소녀 / 고래를 쫓는 소년

왕수펀 지음 — 조윤진 옮김

블랙홀

• 차례 •

지도를
모으는
소녀

고래를 쫓는 소년

지도를
모으는
소녀

1. 지도

여기 봐봐. 일본은 대만의 북동쪽에 있고 여기서 가장 가까운 곳은 류큐제도야. 포르투갈의 수도 리스본은 타구스강의 하구에 위치했어. 튀니지에서 가장 유명한 장소는 튀니스의 카르타고 유적지야. 여기 북동쪽에. 이쪽도 봐봐. 미국 뉴욕 다운타운에는 그 유명한 브로드웨이가 있는데…….

야, 네 표정을 보아하니 지금 무슨 말을 하고 싶은지 딱 알겠다.

"뭐야, 너 지도덕후였어? 그렇게 많은 지도는 모아서 어디에 쓰려고?"

너는 내 친구랑 참 많이 닮았어. 그 아이의 이름은 '따이리더'

인데 난 주로 '라오따이'라고 불렀어. 라오따이가 나한테 딱 그렇게 말했었거든. 그리고 이런 말도 덧붙였지.

"장칭, 너처럼 지도에 푹 빠진 사람은 처음 봤어."

내가 이런 말을 했던 기억도 나.

"지도는 나를 세상 어디로든 데려다줄 수 있어."

그러자 뜻밖의 대답이 돌아왔어.

"만약 어디론가 떠나고 싶다면, 난 굳이 지도를 들고 가진 않을 것 같은데."

이 아이는 너무 대책 없지 않니? 네 생각은 어때?

그런 라오따이가 나한테 지도 한 장을 선물했어. 그것도 자신이 직접 그린.

나는 물었지.

"여기는 어느 나라야? 경도는? 위도는?"

라오따이는 웃으면서(깜빡했는데, 라오따이의 양쪽 볼엔 깊은 보조개가 있어) 겸연쩍다는 듯 대답했어.

"이곳은 내가 만들어낸 가상의 장소야. 지구상엔 존재하지 않아."

난 지도에 표시된 '몽상의 산', '벌꿀바다', '청록색과 적갈색 도시', '초저녁 하늘길'들을 바라보며 고개를 절레절레 흔들었어.

"라오따이, 너 정말 상상력도 풍부하다. 존재하지도 않는 장소가 어떻게 지도에 표시되니?"

"어쩌면 다른 별에는 정말 존재할지도 모르잖아."

난 또다시 고개를 가로저을 수밖에 없었지.

"난 '어쩌면'이란 말을 믿지 않아. 너처럼 온종일 혹등고래니, 향유고래니, 외뿔고래니 이런 얘기만 하는 사람하고 무슨 지도를 논하겠니. 지도는 진짜만을 알려준다고. 지도는 거짓말을 하지 않아."

난 잠시 멈추었다가 또다시 말을 이어갔어.

"넌 늘 이런 식이잖아. '누가 그러는데, 외뿔고래는 신화 속의 유니콘이래.' 유니콘이라니! 제발 그만 좀 해라."

방금 몰래 웃는 네 표정 다 봤어. 아마도 이렇게 묻고 싶겠지.

"너 라오따이 엄청 좋아하는구나? 걔가 네 남자 친구야?"

아니, 틀렸어. 라오따이를 못 본 지 벌써 10년도 넘었으니까.

2. 언제나 똑같은 나의 동굴

어릴 때 나는 걸핏하면 엉뚱한 상상을 했다. 그러니까 꽤나 생각이 많은 아이였다. 계단을 오를 때면 이런 상상을 했다. 저 꼭대기에 다다르면 내가 정말로 동경하던 장소에 도착할 거라고. 때로는 일부러 고개를 숙인 채 아주 천천히 계단을 오르며 마음속으로 이렇게 생각했었다.

'갑자기 눈앞에 다른 세상이 나타날지도 몰라. 별안간 꿈 속 같은 광경이 펼쳐지면서 상상 속 왕자님이 내게 손을 내밀며 눈부신 미소를 지을지도 모르잖아.'

정말로 내 상상들이 현실에서 이루어졌다면 어땠을까? 난 한 번도 그 뒤의 일은 생각해보지 않았다. 왜냐하면 난 끈기라곤 눈곱만큼도 없는 인간인지라 몽상조차 5분을 넘기지 못했기 때문이다. 혹은 내가 매사에 현실을 좀 더 중시하는 인간이어서 몽상은 그저 몽상일 뿐이라는 사실을 일단 깨닫고 나면, 거기에 더 이상의 시간을 허비하지 않았기 때문인지도 모른다.

하지만 가장 중요한 이유는 현실 생활 속에서 내가 계단을 오를 기회가 매우 적었기 때문이다.

얘기하자면 참 우습지만 어릴 때는 내 눈길이 닿는 범위가 곧 세상의 전부였다. 세상은 집 앞을 빙 둘러싼 담벼락과 그 너머의 망고나무 그리고 이웃집뿐이었다. 이 범위를 벗어난 것은 내 사고 영역 안에 존재하지 않았다. 도대체 언제부터였을까? 나의 생각이 담벼락과 망고나무를 뛰어넘어 눈에 보이지 않는 곳까지 다다르게 된 것은.

비릿한 들풀 향기가 짙던 어느 날 아침, 엄마가 나를 데리고 처음으로 초등학교에 갔던 날이 기억난다. 나지막한 흙 담장을 통과해 학교로 들어서자 몇몇 인부들이 운동장에서 제초 작업을 하는 중이었다. 엄청 많은 왕바랭이(볏과의 한해살이풀-옮긴이)가 서걱서걱 거칠게 베어졌고 공기에서 비릿한 풀 냄새가 진하게 맴돌았다. 진초록으로 물든 인부들의 거친 광목 장갑을 보는 순간, 나는 구역질이 났다. 이유는 알 수 없었지만 왠지 모르게 기분이 나빴다.

그때 나는 이런 생각을 했었다.

'잔풀들이 저만큼이나 자라는 동안 용케도 뽑히지 않았네.'

그런 다음 교실로 들어갔다. 엄마는 마치 우리 언니라고 해도 믿을 것 같은 젊은 여자 선생님과 이야기를 나눴고 선생님은 종종 땋은 내 머리를 수시로 쓰다듬었다. 내 자리는 맨 앞줄이었다. 고개를 들면 선생님의 꽃무늬 치마가 바로 보였다.

옆자리의 여자애는 계속 울어댔다.

나는 살짝 짜증이 난 상태로 선생님의 치마 무늬를 바라보며 혹시나 그 안에 파란 나방이 숨어 있진 않을까 생각했다. 이때 선생님이 내 머리를 톡 치며 말했다.

"장칭, 선생님 얘기에 집중해야지."

옆자리의 여자애가 고개를 돌려 잠깐 나를 쳐다보더니 이내 또 다시 울기 시작했다.

내게 등교 첫날의 인상이란 다음과 같았다. 누군가는 울었고, 선생님의 말은 집중하기 어려웠다.

하지만 '집중하자.'라고 되뇔수록 선생님의 목소리는 점점 더 멀어져갔다. 나는 선생님의 치마 무늬 안에 분명 파란 나방이 있다고 믿었으며 그것을 꼭 찾아내고 싶었다.

학교 수업은 너무나 쉬웠고 나는 선생님이 내준 문제를 금세 끝내버렸다. 옆자리의 울보 왕수란은 도대체 뭐가 문제인지 매번 무언가를 적기만 하면 이내 필통에서 지우개를 꺼내 글자를 지우고 새로 고쳐 썼다. 그리고 몇 번인가는 이쪽으로 바싹 다가와 내 답을 보려고 했다. 내가 양손으로 공책을 가리자 왕수란은 흥, 하고 콧방귀를 뀌며 째려보았고 작은 칼로 지우개를 잘게 조각내더니 나를 향해 던졌다.

나는 그런 왕수란이 정말 싫었다. 그래서 공책을 순순히 내어주며 베껴 쓰도록 해주었을 뿐만 아니라 심지어 대신 답을 써줄 생각까지 했었다. 아마도 문제를 후딱 해결해버리면 왕수란이 다시는 나를 괴롭히지 않으리라 짐작했던 것 같다.

학교에서 겪은 가장 끔찍한 일은 선생님이 나를 반장으로 지명한 것이었다. 수업이 끝나면 나는 맨 앞줄에 서서 반 아이들을 이끌고 집으로 돌아갔다. 학교 담벼락만 벗어나면 남학생들은 나의 종종 땋은 머리를 거세게 잡아당겼고 나는 너무 아파서 소리를 질렀다.

"누구야? 내일 선생님한테 다 이를 거야."

"이르기만 해봐. 그럼 또 잡아당길 테니까."

뒤에서 또 다른 손이 내 머리를 힘껏 잡아당겼다.

나는 집으로 돌아와 두피를 살살 문질렀다. 울지는 않았다. 혹시라도 엄마가 고민을 해결해준답시고 내 머리카락을 싹둑 잘라버릴까 봐 끝까지 울음을 참았다. 나는 치렁치렁한 내 머리카락이 정말로 좋았다. 저녁이 되면 땋았던 머리를 푼 다음 커다란 꽃무늬 두건을 쓰고서 나의 웃는 모습을 거울로 이쪽저쪽 돌아가며 비춰보곤 했다.

아마도 난 아주 어릴 때부터 외모의 중요성에 대해 알았던 것 같다. 예쁜 둘째 이모한테는 영화를 보여주겠다며 찾아오는 남자들이 매일같이 줄을 서는 반면, 못생긴 데다가 나이까지 많은 큰고모는 늙은 아줌마 같은 모습으로 종일 미간을 찌푸린 채 정원에서 홀로 외로이 도둑고양이나 쫓아내는 신세였다. 외모가 중요하지 않다면 어째서 이런 일이 벌어질까.

큰고모는 아주 이상한 눈빛으로 나를 바라보며 이렇게 말했다.

"네 엄마는 큰 여우고 너는 작은 여우야."

곧장 엄마에게 달려가 큰고모의 말을 전하자 엄마는 웃으면서 이렇게 대답했다.

"큰고모가 기분이 안 좋아서 그래. 고모 건드리지 마."

결국 큰고모는 시집도 가지 않고 우리와 함께 살았다. 고모는 매일같이 내 숙제 노트를 검사했고 아주 사소한 실수라도 발견하면 호되게 야단을 쳤다. 사실 고모는 지식수준이 그리 높은 사람도 아니었고 그저 집 안 청소 따위에나 호들갑을 떠는 부류였다. 고모는 단 한 톨의 먼지조차 용납하지 않았다.

하지만 애석하게도 우리 집엔 온종일 톱밥 부스러기가 넘쳐났다.

아빠는 목수였고 집 바로 옆 양철지붕 건물 안에 작업실이 있었다. 그 안에는 잔뜩 쌓인 목재뿐만 아니라 나무로 만든 각양각색의 장식장과 식탁, 문짝 등이 가득했다. 전기톱 소음 사이로는 작업자들을 향해 지시사항을 외치는 아빠의 목소리와 진사부가 즐겨듣는 유행가 가락이 뒤섞여 흘러나왔다. 온갖 목재에서 풍기는 냄새와 다양한 색감 때문에 안으로 들어서면 시각을 비롯해 후각과 청각까지 죄다 정신이 없을 정도였다. 햇살에 비쳐 보이는 톱밥들은 끊임없이 공중을 둥둥 떠다녔고 좀처럼 작업실 밖으로 빠져나갈 기미를 보이지 않았다.

매일 이른 아침, 나는 서둘러 가방을 메고 망고나무가 빽빽하게 늘어선 길을 따라 학교에 갔다. 일단 교실에 도착하면 가방을 내려놓고 자리에 멍하니 앉아 있었다.

나는 시종일관 집 안을 맴도는 목재의 냄새가 싫었다. 그 냄새를 혐오하는 큰고모의 표정은 더 싫었다. 큰고모는 틈만 나면 아빠에게 설교를 했다.

"뭐 볼 게 있다고 목수가 됐냐? 집 안이 꼭 전쟁터 같잖아. 청소를 해도 해도 끝이 없다니까. 방금 탁자를 닦았는데 저기 톱밥들 또 날아드는 것 좀 봐. 게다가 하루 종일 이 톱밥을 들이마시고도 폐가 남아나겠니?"

아빠는 그저 웃으면서 고개를 절레절레 흔들었다. 그리고 나지막이 이렇게 중얼거렸다.

“잔소리가 돌아가신 엄마랑 똑같네.”

잔소리뿐만이 아니었다. 나는 고모를 볼 때면 왠지 모를 오싹한 기운과 무언가 말로 표현할 수 없는 두려움을 느꼈다. 한번은 집에서 숙제를 하다가 문득 고개를 들었는데 창문 앞에 머리 하나가 불쑥 나타났다. 너무 놀라 꽥 비명을 질렀고 나중에 정신을 차리고 보니 그건 역광 속에서 매서운 눈빛으로 집 안을 들여다보는 큰고모였다.

내 비명소리를 듣고도 큰고모는 말 한마디 없이 몸을 돌려 저만치 사라졌다.

그날 이후로 나는 창문을 볼 때마다 앙다문 입술과 매서운 눈빛의 얼굴 말고도 수없이 많은 무서운 상상들을 하게 됐다.

그러고 보니 내가 몽상을 하기 시작했던 건 다름 아닌 큰고모 때문이었다.

학교에 가면 오히려 마음이 편안했다. 쓸데없는 생각을 하지 않고 조용히 하루하루를 보낼 수 있었으니까. 학교에서는 정해진 종소리에 맞춰 규정을 지키면서 그날의 할 일만 하면 그만이었다.

하지만 나는 학교를 별로 좋아하진 않았다.

마치 태엽을 감아 움직이는 전동 인형처럼 나는 학교에서 얌전히 숙제를 했고, 청소를 했고, 선생님을 도와 걸레를 빨았고, 낮잠 시간에 떠드는 학생들의 이름을 적었다.

그리고 수학 문제를 얼른 풀어서 왕수란이 베끼도록 보여주었고, 미술 시간 역시 그림을 재빨리 그린 다음 왕수란에게 보여주었다. 하지만 작문 연습만큼은 왕수란도 감히 내 노트를 베끼지 못했다. 왕수란은 연필을 입에 물고 반복해서 이렇게 중얼거렸다.

"똑같아……. 똑같아……."

학기가 끝나자 선생님은 성적표를 나누어주며 집에 가서 부모님의 사인을 꼭 받아오라고 했다. 그리고 나에게는 상장을 한 장 주며 '가보'로 여기고 대문 앞에 붙여놓으라는 말을 덧붙였다. 그때 나는 '가보'가 무슨 뜻인지 몰랐다. 그리고 성적표에 적힌 '총명하지만 매우 거만하고 자기중심적임'이란 말도 무슨 뜻인지 몰랐다. 성적표의 등수 칸에 '33'이 적힌 왕수란은 얼마 전 내가 새로 산 지우개를 빌려 가더니 살짝 침을 묻혀 앞자리의 '3'을 지워 버렸다.

왕수란의 행동은 분명 속임수였지만 보고 있자니 제법 재미있었다. 나는 왕수란처럼 등수를 높이기 위해 그렇게 힘들고 복잡한 과정을 거칠 필요가 없었으니까. 매달 시험을 볼 때마다 난 언제나 1등이었고 따라서 학기말 성적 역시 1등이었다. 마치 높은 곳에 우뚝 선 한 마리의 독수리가 되어 저 아래쪽 연못에서 발버둥 치는 병아리들을 굽어보는 기분이었다. 아무것도 걱정할 일이 없던 나로서는 저 아래 세상에서 몸부림치는 병아리들의 모양새가 그저 코미디처럼 우습기만 했다.

물론 이게 잘못된 생각이란 사실은 알았다. 하지만 단지 머릿속 생각일 뿐이었으니 별로 죄책감은 없었다.

나는 그저 어린아이에 지나지 않았다. 동굴 안에 살면서 바깥세상의 거센 폭풍우라곤 겪어본 적 없는 어린아이. 아주 오랜 시간 동안 동굴 속 나의 삶은 언제나 똑같았고 그 안은 아무런 기척도 없이 고요하고 컴컴했다. 그러던 어느 날, 동굴 입구로 한 줄기 빛이 조용히 스며들어 왔다. 미처 알아채지 못한 산들바람처럼.

3. 내 오두막에 너는 어슬렁거려도 돼

큰고모와 엄마로 말하자면 한쪽은 얼음이었고 다른 한쪽은 불꽃이었다. 그래서 서로를 용납하지 못했다. 큰고모는 항상 비판적인 말투로 엄마의 갖가지 잘못들을 지적했다. 만약 그 광경을 누군가 옆에서 구경한다면 분명 큰고모가 사람을 짜증나게 하는 타입이라고 느낄 터였다. 왜냐하면 엄마는 처음부터 끝까지 똑같은 표정이었기 때문이다. 그저 미소 짓는 얼굴 말이다.

구경하는 사람은 어쩌면 이런 결론을 내릴지도 몰랐다.

"저 늙은 여편네가 참 말이 많네. 예쁘고 고상한 안주인이 너그럽기에 망정이지."

엄마의 미소를 완벽히 이해하는 사람은 오로지 나뿐이었다.

높은 곳에 우뚝 선 독수리처럼 여유롭고 의기양양한 나의 미소와 엄마의 미소는 꼭 닮아 있었다. 아마도 엄마 눈에는 큰고모가 외롭고, 불쌍하고, 못생긴 아주머니로 보였을 거다. 당연히 그런 여자가 엄마에게 위협이 될 리도 없었다. 그래서 매번 그렇게 큰고모에게 너그러웠던 게 아닐까. 어찌 됐든 손아랫사람인 엄마는 큰고모한테 반격할 능력도 없었으니 말이다.

나도 눈치채고 있었다. 내 성격의 구성 요소 중 '잔인함'은 바로 엄마한테서 물려받았다는 사실을. 하지만 그 사실을 분명히 아는 까닭에 더더욱 내 성격을 바꾸고 싶지 않았다. 게다가 나는 스스로 뭘 해야 하는지 정확히 알고 있었다.

엄마와 똑같이 나는 본능적으로 큰고모를 혐오했다. 겉으로 보이는 온유함으로 그 사실을 감추는 엄마와는 달리 나의 말투와 행동거지에서 시시때때로 그 사실이 드러났다.

초등학교를 졸업하자 가장 먼저 머리 모양을 바꾸어야 했다. 더 이상 동화 속 공주님 같은 치렁치렁한 머리카락을 간직할 수 없었다. 심지어 일부 학교에서는 규정으로 정한 머리 길이만을 허용했다. 엄마는 나를 미용실로 데려갔고 거울 속에서 기다란 머리카락이 잘려나가는 모습을 보며 나는 이런 생각을 했다.

'저 바보 같은 짧은 머리가 바로 나라니. 게다가 이런 머리로 3년을 지내야 한다니.'

엄마는 미용사를 향해 신신당부했다. 내 얼굴형을 고려해서 가장 예쁘게 보이도록 다듬어달라고 말이다. 하지만 과연 뭘 어떻게 해야 예쁘게 보일까? 무슨 짓을 한들 탐스러웠던 예전의 머리와는 비교가 안 될 텐데.

집으로 돌아온 나는 한참동안 엉엉 울었다. 엄마는 국수를 끓여서 방으로 가져다주며 나중에 배가 고프면 먹으라고 했다. 거실에선 큰고모의 목소리가 들려왔다.

"어리다고 저렇게 오냐오냐 해주면, 나중에 다 큰 다음엔 달이라도 따다 바칠래? 그깟 머리카락이 뭐 그리 대수라고. 멋 부리는 건 다 허영이고 죄악이야."

울음을 멈춘 나는 이를 악물며 온몸을 바들바들 떨었다.

"본인이 못생겼다고 해서 세상 모든 사람들이 큰고모처럼 추해져야 돼요?"

아빠가 내 뺨을 후려갈겼고 엄마는 나를 방으로 끌고 들어갔다. 끌려 들어가면서도 나는 끝까지 잊지 않고 가장 험상궂은 눈빛으로 큰고모를 사납게 째려보았다. 그 자리에 멍하니 얼어붙은 큰고모는 사람이 말을 할 줄 아는 동물이란 사실조차 망각한 것처럼 보였다.

아빠는 나를 무릎 꿇려 한 시간 동안 방 안에 가둬두었다. 그러고 나서 큰고모에게 사과를 하라고 했다. 나는 무릎을 꿇은 채 오만가지 생각을 하며 속으로 이렇게 외쳤다.

'싫어! 싫다고!'

그때 입가에 묘한 미소를 띤 엄마가 방으로 들어와 내 머리를 쓰다듬으며 이렇게 말했다.

"그냥 '잘못했어요.' 한마디면 돼."

엄마의 말에 나는 문득 저 높은 곳에 우뚝 선 독수리의 의기양양하고 여유로운 미소를 떠올렸다. 나는 엄마를 향해 고개를 끄덕였다.

그날 이후로 큰고모는 나를 원수처럼 대했고 마주칠 때마다 늘 야단을 쳤다. "치마가 너무 짧아." 혹은 "아침에 죽은 왜 다 안 먹었어? 다이어트 하냐?" 등등. 그럴 때마다 나는 어깨를 한 번 으쓱해 보이곤 큰고모의 말을 철저히 무시했다.

엄마는 차를 타고 나가야 하는 시내의 롱펑 중학교에 나를 입학시킬 작정이었다. 그 학교는 시에서 가장 좋은 사립 중학교로 진학률이 매우 우수했고 따라서 학비도 매우 비쌌다.

"자식이라곤 딸내미 딱 하난데 제일 좋은 것만 해주고 싶어. 설마 당신 딸아이가 나처럼 가구점 안주인이나 되길 바라진 않지?"

항상 엄마의 말을 잘 들어주던 아빠였지만 이번만큼은 달랐다. 아빠는 돌연 낯빛이 변하더니 눈썹을 치켜 올리며 소리를 질렀다.

“가구점 안주인이라서 억울해? 내가 밥을 굶겼어? 아니면 집 없이 노숙을 시켰어?”

나는 아무 말 없이 슬그머니 방으로 들어갔다.

한밤중까지도 엄마가 거실에서 흐느끼는 소리가 들려왔다.

오래된 괘종시계가 새벽 세 시를 알렸을 때, 침대에 누워 있던 나는 얼핏 대문이 열리고 누군가의 발소리가 점점 멀어지는 소리를 들은 듯했다. 순간 정신을 차리고 황급히 몸을 일으켜 방문을 열었는데 엄마가 그 시간까지 거실 소파에 앉아 있었다. 그것도 아주 평온한 표정으로.

“이리 와. 엄마가 안아줄게.”

엄마의 품 안으로 파고들자마자 방금 들었던 발소리에 대해서는 싹 까먹고 말았다. 아빠의 코 고는 소리가 바로 옆 안방에서 규칙적으로 들려왔다. 하루 종일 육체적으로 고된 일에 시달리는 아빠는 자리에 눕자마자 곧바로 잠들기 일쑤였다. 엄마의 품 안은 따스했고 가슴팍에서 좋은 향기가 아련히 풍겨왔다.

“결국엔 아빠도 허락할 거야.”

엄마가 미소를 지으며 내게 말했다.

정말 엄마의 말대로 아빠는 나를 사립 중학교에 보내기로 결정했다. 온갖 소리가 뒤섞인 작업실 안에서 아빠는 엄마를 향해 이렇게 외쳤다.

"당신이 장칭이랑 같이 학교에 가서 등록하고 와. 나는 일 때문에 자리를 못 비우니까. 아, 그리고 우체국에 가서 돈도 좀 찾고. 교복 맞춰야 하잖아."

그러자 진사부가 하던 일을 멈추고 눈웃음을 지으며 내게 말했다.

"우리 꼬마가 시내 학교를 가다니. 이제 더 이상 시골뜨기가 아니네."

진사부는 습관적으로 코에 주름을 잡으며 사람을 흘겨보는 버릇 때문에 몹시 거만하고 사나운 인상을 풍겼다. 하지만 외모만큼은 확실히 잘생긴 사람이었다. 심지어 큰고모조차도 진사부한테는 체면을 차리며 예의 바르게 대했다.

내가 허리를 굽혀 지금 나오는 유행가의 제목을 살펴보자 진사부가 다가오더니 주머니에서 구깃구깃한 지폐를 꺼내주며 말했다.

"시내 나간 김에 최신 앨범 하나만 사다줘요."

내가 아니라 엄마한테 한 말이었다.

엄마는 몸을 홱 돌리며 흥, 하고 콧방귀를 뀌곤 작은 소리로 중얼거렸다.

"허구한 날 저질스러운 사랑 노래만 들으면서."

하지만 정작 시내에 도착하자 엄마는 음반 가게에 아주 오랫

동안 머물면서 새로 나온 앨범들을 하나하나 전부 들었다. 사랑과 미움, 상처와 망상을 읊조리는 노래들을 열중해서 듣는 엄마의 모습은 완전히 다른 사람처럼 보였다. 그 순간 엄마는 양철지붕 작업실에서 톱밥을 청소하는 부인도, 책상에 앉아 장부를 정리하는 안주인도 아니었다.

그럼 과연 뭐였을까? 나도 알지 못했다. 그 순간 엄마의 모습을 어떻게 표현해야 할지.

고개를 파묻고 각각의 CD를 열심히 들여다보는 엄마의 모습은 꼭 경건한 물건에다 대고 절이라도 올리는 것 같았다.

그런 다음 엄마는 나를 서점으로 데려가서 학교가 위치한 동네의 지도를 한 장 사주었다. 내리쬐는 햇볕을 받으며 서점 앞에서 고개를 숙인 채 지도를 자세히 들여다보자 현실 세계와 지도가 순식간에 연결되기 시작했다. 나는 집게손가락으로 지도를 훑으며 서점이 위치한 도로를 찾아냈다.

"부아이루, 부아이루가 바로 여기네."

지도에 인쇄된 머리카락처럼 가느다란 선을 발견하고 나는 뛸 듯이 기뻐했다. 엄마는 부아이루에서 시작해 종산루와 종화루를 거쳐 어느 한 지점을 가리키며 말했다.

"학교는 바로 여기란다."

그 순간 나는 지도에게 아주 큰 호감이 생겼다. 왠지 모르게 사람을 안심시켜줄 뿐만 아니라 믿을 만한 물건이란 느낌이 들었다. 엄마는 지도를 잘 접어서 내 책가방에 넣어주며 말했다.

“잘 익혀두렴. 앞으로는 너 혼자 학교에 가야 하니까. 길 잃어버리지 말고.”

처음 등교하는 날, 엄마와 나는 지도에 표기된 종산루와 종화루를 거쳐 학교에 도착했다.

군데군데 암홍색으로 녹이 슨 교문 너머로 회반죽을 칠한 우람한 학교 건물이 눈에 들어왔다. 마치 기골이 장대한 사내가 몸을 움직이기조차 귀찮아 햇볕 아래 멍하니 서 있는 모습 같았다.

내가 졸업한 초등학교는 교실 주변으로 심어놓은 히비스커스와 동백꽃 덕분에 계절이 바뀔 때마다 꽃잎들이 앞 다투어 고개를 내밀었다. 하지만 이곳엔 말끔히 다듬어진 잔디뿐, 꽃이라곤 단 한 송이도 보이지 않았다.

교실로 들어서자 두 번째 줄 자리를 배정받았다. 엄마는 담임선생님과 잠시 이야기를 나누더니 내게 손을 흔들어 보이고는 자리를 떠났다. 엄마와 나는 수업을 마치고 다시 교문에서 만나기로 약속했다.

좌우를 둘러보니 교실 안은 이미 학생들로 가득했다. 당연히 내게는 모두가 낯선 얼굴들이었다. 그런데 뒤쪽에 시선을 끄는 갸름한 얼굴 하나가 눈에 들어왔다. 모든 여자애들이 로맨스를

꿈꿀 법한 잘생긴 얼굴, 게다가 빼어난 체격까지 갖춘 그야말로 10점 만점에 10점짜리 남자애였다.

그 아이의 이름은 궈핀종이었는데 오합지졸 같은 남자애들 사이에서 단연코 돋보이는 존재였다.

동시에 나는 또 한 가지를 발견했다. 바로 이 반 여자애들 중에서 내가 제일 예쁘다는 사실이었다. 왠지 안심이 됐다. 나는 귀옆의 단발을 가지런히 정리하며 몸을 곧게 세웠다. 시골뜨기라는 사실을 들키고 싶지 않았다.

담임인 장 선생님은 자칭 포기를 모르는 남자라면서 단 한 명의 낙오자도 용납하지 않겠다는 말로 자신을 소개했다. 우리에게 농담을 시도한 것 같았지만 안타깝게도 딱 한 명만이 바보 같은 소리를 내며 웃었다.

모두의 시선이 웃음소리가 난 쪽으로 쏠렸다. 내 뒤에 앉은 남자애였다. 여자애들의 눈길을 한 번 이상은 받지 못할 것 같은 안경잡이였는데 그 아이 이름은 따이리더였다.

나중에 나는 그 아이를 '라오따이'라고 불렀다.

라오따이도 그리 못난 얼굴은 아니었다. 중간 정도 되는 체격, 하얗지도 가무잡잡하지도 않은 피부, 라오따이는 그저 평범했다. 하지만 궈핀종처럼 돋보이는 미남이 존재하는 집단에서 그 외의 다른 남자애란 단지 평범할 따름이었다.

학기가 시작되고 얼마 지나지 않아 기초 학력 시험을 치렀다. 나는 반에서 1등, 전교에서 3등이었다. 장 선생님이 반 아이들 앞에서 나를 칭찬한 것까지는 좋았다. 그런데 선생님이 덧붙인 말 한마디가 내 기분을 완전히 망쳐놓고 말았다.

"모두들 장칭을 본받도록 해. 시골에서 왔지만 너희들보다 이렇게 성적이 뛰어나잖아. 아마 3년 뒤에는 틀림없이 원하는 고등학교에 진학할 거야."

'시골'에서 왔다니! 머지않아 도살장으로 끌려갈 돼지 귀에 찍어두는 낙인이 그 순간 나한테도 내리 찍힌 기분이었다. 마음껏 먹을 권리를 빼앗기고 조만간 죽을 운명을 짊어져야만 하는 돼지처럼, 그렇게 선생님이 찍어버린 낙인 덕분에 나는 이제부터 영원히 시골뜨기라는 별명을 짊어진 채 살아가야만 했다.

바로 그때 누군가 뒤에서 의자를 발로 툭툭 차는 바람에 나는 더욱 화가 치밀었다. 뒤돌아볼 필요도 없이 라오따이였다. 라오따이는 아주 조그마한 목소리로 이렇게 말했다.

"축하해."

이 바보 자식.

수업이 끝나자 라오따이가 내 어깨를 툭 치며 말을 걸어왔다.

"야, 장칭, 너 정말 대단하다. 전교 3등이라니. 만약 고래로 치면 너는 분명 '향유고래'일 거야."

나는 불쾌한 기색으로 그 아이를 째려봤다.

그러자 라오따이가 웃으며 설명을 덧붙였다.

"지구에서 가장 큰 뇌를 가진 포유류가 향유고래거든."

라오따이는 웃을 때마다 두 뺨에 깊은 보조개가 드러났다. 그래서 바보 같은 미소를 지을 때면 더욱 천진난만해 보였다. 내가 라오따이를 볼 때마다 선량하면서도 행동이 서툴고 팝콘 몇 알이면 순순히 따라오는 어떤 작은 동물을 떠올리는 이유도 어쩌면 그 보조개 때문인지 몰랐다. 이상하게도 라오따이만 보면 순순히 대화를 나누고 싶은 기분이 들었다. 난 라오따이를 그저 나와 별 상관없는 꼬마 친구 정도로만 생각했다.

라오따이의 보조개 때문에 나는 이따금 그 아이의 온갖 바보 같은 말과 행동들을 기꺼이 받아주었다.

한편, 궈핀종과의 사이에서 무언가 특별한 일이 생기진 않을까 남몰래 기대하던 나는 일기장에 허세 가득한 시를 적어 내려갔다.

"설령 봄날 저 멀리 사라지고 흰 구름 흩날린다 해도, 사랑하는 이여, 나는 여전히 그 자리를 지키고 있어요."

"당신인가요? 나인가요? 큐피드, 당신의 화살이 이미 녹슬어 조준에 실패했나요? 당신이 아니었나요? 내가 아니었나요? 나는 분명 사랑의 여신이 내린 지령을 이미 들었다오."

오로지 일기장이나 꿈속에서만 털어놓을 법한 속마음이었다.

그다지 큰 힘을 들이지 않고도 나는 학교 공부에서 늘 1등을 유지했다. 그리고 남는 시간엔 시를 쓰거나 몽상을 하며 노트에 그림을 그렸다.

나는 궈핀종의 초상화를 스케치해서 무심한 척 전해주려는 계획을 세워둔 상태였다. 하지만 그건 너무나 도도하지 못한 방법인 데다 결코 내 방식이 아니었다. 그래서 궁리 끝에 라오따이를 제물로 삼았다. 일단 라오따이를 먼저 모델로 세워 스케치를 그린 다음 '요즘 내가 이쪽으로 관심이 좀 생겨서 그 김에 모델을 찾는 중이야.'라는 뜻을 궈핀종에게 전할 생각이었다.

나는 고개를 돌려 라오따이를 향해 물었다.

"라오따이, 내 모델 좀 해줄래?"

"맙소사. 설마 누드모델이야?"

"바보 같은 소리 좀 하지 마. 그대로 있어. 딱 3분이면 돼."

3분 뒤 내 작품을 받아든 라오따이는 미간을 잔뜩 찌푸리며 말했다.

"음, 못 그린 건 아닌데 좀 이상해. 내가 이렇게 꼴불견으로 생겼어? 확실히 나 그린 거 맞아?"

"네가 그렇게 생겼으면서 왜 내 그림 탓을 해."

정색하며 말했지만 사실 속으로는 배꼽이 빠져라 웃는 중이었다.

라오따이는 쭈글쭈글해진 그림을 마지못해 책가방 속에 집어 넣더니 금세 다시 꺼내서 나에게 들이밀었다.

“사인해줘.”

나는 종이 끄트머리 구석에 이름을 써넣으면서 별일 아니라는 듯 무심하게 물었다.

“야, 핸드볼 팀은 아침 몇 시에 연습하러 나와?”

“글쎄, 아마 일곱 시 반쯤일 걸. 궈핀종이 그러는데 선생님이 무지 엄격하댔어.”

일곱 시 반이라고? 문제없어. 그럼 일곱 시 이십 분쯤 학교에 와서 스케치한 그림이랑 편지를 궈핀종 책상 서랍에 몰래 넣어두면 되겠네.

라오따이가 의혹 가득한 시선으로 나를 보며 말했다.

“장칭, 너도 궈즈 좋아하지?”

‘궈즈’는 궈핀종의 별명이었다.

나는 아무 대답도 하지 않았다.

라오따이는 계속해서 떠들었다.

“이런 외모지상주의자들. 여자들이 죄다 핸드볼 팀 주장에게 정신이 팔렸다니! 정말 가엽다. 가여워.”

“아무도 너한테 관심이 없으니 가여운 사람은 바로 너지.”

나는 이렇게 맞받아치며 비꼬았다.

"누가 나한테 관심 있는지는 중요하지 않아. 나는 딱 한 사람이면 충분해."

라오따이는 이렇게 말하고는 책가방을 휘두르며 집으로 가버렸다.

나는 서둘러 부아이루의 서점으로 달려갔다. 그리고 핑크색 편지지를 골랐다가 잠깐 생각을 한 뒤 빨간색 줄이 그어진 보통의 편지지로 다시 바꾸었다. 절대 비굴해 보이면 안 돼. 이성적으로 굴어야지. 궈핀종이 너무 우쭐해하면 곤란하니까.

한밤중에 스탠드를 켜고 책상 앞에 앉아 편지를 쓰기 시작했다. 나지막이 끊어졌다 이어지길 반복하는 노랫소리가 작업실 쪽에서 흘러나왔다. 아마도 양철지붕 작업실 뒤쪽에 사는 진사부가 한창 노래를 듣는 모양이었다.

안녕…….

이 편지가 무슨 의미일 것 같아? 도움 요청? 고백? 아니면 우정의 악수? 매일같이 땀에 흠뻑 젖어 들어오는 너를 볼 때마다, 네 머리 끝자락에서는 태양에 그을린 익숙한 냄새가 어렴풋이 풍겨왔어. 너는 태양의 남자인가 봐. 그리고 나는 해바라기처럼 어느새 네 쪽으로 고개를 돌리게 돼.

그저 너한테 그림을 그려주고 싶었을 뿐이야. 모든 생각을 종이에 꾹꾹 눌러 담아서. 어쩌면 이 그림은 네가 아니라 내 마음일지도 몰라.

이해하겠니? 이해하리라 생각할게.

어떤 여학생이

나는 도화지를 펼쳐놓고 그림을 그려나갔다. 권핀종의 눈썹, 눈, 오뚝한 콧날, 낭랑한 목소리가 흘러나오는 입술, 늘 땀에 젖어 몇 가닥씩 오른쪽 이마에 달라붙는 풍성한 검은 머리카락까지. 굳이 실물을 보지 않고도 권핀종의 모습을 이토록 정확히 그려내다니. 나의 기억력에 스스로 감탄할 뿐이었다.

완성된 그림을 창문 앞에 세워놓고 몇 발자국 뒤로 물러나 세세히 관찰했다. 그런데 뭔가 좀 이상했다. 도대체 어디가 문제일까. 내가 코를 너무 길게 그렸나? 아니면 뺨이 너무 통통한가?

그러다가 결국 문제점을 발견하고야 말았다. 내가 양쪽 뺨에 보조개를 그려 넣었던 것이다.

나는 그 자리에 존재해선 안 되는 보조개를 얼른 지워버리고 투명한 비닐로 그림을 잘 포장했다. 그리고 편지와 함께 큼지막한 종이봉투에 잘 집어넣은 다음 겉에다가 "권핀종이 직접 열어볼 것." 이렇게 적었다.

다음 날 점심시간. 한창 도시락을 먹는 중이었는데 갑자기 복도 쪽에서 낄낄거리는 웃음소리가 간간이 들려왔다. 삼삼오오 모인 핸드볼 팀 남학생 몇 명이 내는 소리였다. 나는 교실 뒤쪽으로 쓰레기를 버리러 가는 척하며 고개를 숙인 채 점심을 먹는 궈핀종을 곁눈질로 슬쩍 엿보았다.

이미 봤을 텐데. 그럼 보낸 사람이 나라는 사실을 분명 알 텐데. 수학 선생님은 자주 내 필기 노트를 복사해서 반 아이들에게 참고하라며 나눠주곤 했다. 내 글씨체를 모를 리가 없었다.

그런데 왜 저렇게 태연하지?

라오따이가 또다시 뒤에서 내 의자를 발로 찼다.

나는 마음속 초조함을 감추기 위해 몸을 돌리며 일부러 엄청 친절한 말투로 물었다.

"무슨 일이야?"

그 순간 내 행동이 너무 과했다는 생각에 후회가 밀려들었다. 동시에 창문 밖의 웃음소리가 나를 향하고 있음을 이내 감지하고 말았다.

"장칭, 정말 네가 쓴 거 맞아?"

라오따이의 얼굴은 몹시 진지했다.

나는 입술을 앙다물고 라오따이를 뚫어져라 응시했다.

한참이 지나서야 라오따이가 다시 입을 열었다.

"지금 교실 밖 복도에 붙어 있어. 네 편지 그리고 그림까지 전부 다."

나는 그 어떤 말도 듣고 싶지 않았다.

그때 라오따이이가 자리에서 벌떡 일어서며 말했다.

"나쁜 새끼들! 내가 떼어버릴게."

갑자기 웃음소리가 한층 더 커지더니 누군가 편지의 내용을 큰 소리로 읊기 시작했다.

"안녕, 이 편지가 무슨……. 야, 야, 따이리더. 그거 왜 가져가는데!"

라오따이이가 편지와 그림을 한 뭉치로 구겨서 궈핀종을 향해 던져버리자 궈핀종은 아무 말 없이 몸을 굽혀 땅에 떨어진 종이뭉치를 집어 들었다. 그러고는 그림을 천천히 펼치더니 눈썹을 꿈틀거리며 재미있다는 듯 이렇게 말했다.

"나를 너무 뚱뚱하게 그렸어."

반 아이들은 일제히 웃음을 터뜨렸고 누군가는 너무 심하게 웃느라 바닥을 데굴데굴 구를 정도였다.

그 순간 나는 처음으로 깨달았다. 아름다운 것이 몹시 추해질 수도 있음을. 나는 턱을 높이 쳐들고 궈핀종 앞으로 걸어가 손에 들린 그림과 편지를 낚아챘다. 그리고 그것들을 조각조각 갈가리 찢어버린 다음 뒤도 돌아보지 않고 교실을 빠져나갔다.

복도 끝에 다다르자 그제야 눈물이 흘러내렸다.

"다시는, 영원히……."

앞으로 누군가를 위해 그림을 그릴 일은 영원히 없어.

그 일이 있고 나서 얼마의 시간이 흐른 뒤, 어느 날 라오따이가 내 등을 톡 치며 말했다.

"우리 엄마가 그러는데, 네 그림에 가능성이 보인대. 라인이 거침없고 형태도 아주 잘 잡아냈다고."

"너희 엄마가 아티스트야?"

"아니, 고등학교 영어 선생님이야. 저번에 네가 그려준 그림 보여드렸더니 그걸 다른 사람한테 부탁해서 표구해오셨어. 지금은 내 방에 걸려 있고."

난 그저 피식 웃었다. 라오따이의 엄마에게 차마 '바보'라고 말할 수는 없었으니까.

라오따이는 계속해서 실없이 떠들었다.

"그래도 난 그림보다는 실물이 더 잘생겼다고 생각해."

"라오따이, 누가 널 말리겠니. 정신 좀 차려라."

나는 동굴에서 빠져나와 나무 위의 오두막으로 올라갔고 그곳에서 따스한 햇살을 만끽했다. 때로는 비바람의 공격도 받았지만 나무 위 오두막은 저 먼 곳까지 내다보이는 탁 트인 시야를 내게 선사해주었다. 나는 그 안에서 옷감을 짜는 데 필요한 재료들을 구해 한 땀 한 땀 엮어내며 꿈꿔왔던 옷을 만들어갔다. 아무나 올라올 수 없는 높디높은 오두막. 그곳에서 나는 오롯이 혼자였고 갖가지 인생 계획들을 스스로 세워나가는 데 점차 익숙해져갔다.

라오따이, 너는 나무 위 오두막의 덩굴 한쪽에서 어슬렁거려도 괜찮아. 내가 허락해줄게.

4. 오아시스가 나타나면 잠시 쉬어 가는 거야

귀핀종의 행동이 이상했다. 일부러인지 아니면 별 생각 없이 그러는 건지 자꾸만 내 주위를 맴돌았다. 무언가 할 말이 있거나 혹은 어떤 행동을 취하려고 눈치를 보는 듯했다. 하지만 좀 이상하다 느꼈을 뿐, 나는 더 이상 그런 인간에겐 눈곱만큼의 감정조차 남아 있지 않았다. 게다가 그만한 상처를 받아들일 만큼 나는 너그럽지 못했다.

책상 서랍에서 편지를 발견하자마자 그 물건이 몹시 성가시고 짜증나는 일이 되리란 예감이 들었다.

바로 귀핀종이 보낸 편지였다. 진심으로 사과를 하는 한편 앞으로 나랑 잘해보고 싶다는 모종의 희망사항을 담은 내용이었다. 나는 무표정한 얼굴로 라오따이에게 편지를 주었다.

"부탁인데 네가 발신자한테 다시 돌려줘."

라오따이는 편지를 살펴보지도 않고는 표정 관리를 어떻게 해야 할지 모르겠다는 듯 입술을 살짝 오므리며 말했다.

"아마도 궈즈가 진심으로……."

나는 의자를 거세게 밀치며 자리에서 일어나 교실 밖으로 나갔다. 두 번 다시 그날의 기억을 떠올리고 싶지 않았다.

그러자 라오따이가 얼른 뒤따라 나오더니 양손을 주머니에 찔러 넣으며 말했다.

"궈즈가 좀 싸가지 없이 굴긴 했지만 나쁜 뜻으로 그러진 않았을 거야."

"내 앞에서 그 이름 들먹일 생각이라면 당장 꺼져."

나는 라오따이를 노려보며 쏘아붙였다.

"알겠어. 알겠다고. 그만할게."

라오따이의 양쪽 뺨에 깊은 보조개가 드러났다. 몹시 기쁜 마음을 애써 감추려는 것 같았다. 그리곤 한 톤 높아진 아주 유쾌한 목소리로 내게 물었다.

"너 이번 웅변대회 참가한다면서? 준비는 잘 돼가?"

"준비는 무슨. 그냥 시시한 대회일 뿐인데."

"난 지금껏 한 번도 단상 위에 올라가본 적이 없어. 어휴, 그

앞에 올라서면 기절할지도 몰라."

라오따이에게 이렇게 말해주고 싶었다. 너한테는 기절할 기회조차 주어지지 않는다고. 선생님에게 라오따이 같은 학생은 그저 출석 번호로만 기억될 뿐이었다. 성적도 보통, 생김새는 평범, 숙제는 제때 제출하지만 몇 개는 꼭 틀린 답을 적어 내는 그런 학생 말이다. 대다수의 학생들은 한 반의 인원수를 채우기 위해 존재했고 라오따이 역시 그들 중 하나였다.

궈즈가 핸드볼 팀 주장이자 학생부의 간판스타였다면 나는 미래의 고교 입시 합격자 명단에 역사적인 기록을 남길 인물이자 학교 교육의 모범 답안 같은 존재였다. 학교의 모든 선생님들은 나 같은 학생을 '모범생'으로 인식했고, 교구를 가지러 교무실에 갈 때면 항상 상냥하고 친근한 표정으로 나를 보며 고개를 끄덕였다. 전에 한번은 어떤 낯선 선생님이 내게 이렇게 묻기도 했다.

"네가 장칭이구나? 정말 청아하고 예쁘게 생겼네."

부인하지 않겠다. 나는 이처럼 우월한 신분을 기꺼이 받아들였고 동시에 일종의 쾌감을 함께 맛보았다. 그래서 감히 누군가 나를 부정하려 한다면 그것을 결코 용서하지 못했다.

하지만 우수한 성적 덕분에 내 생활은 무미건조하고 지루했다. 모두가 영어 문장을 암기하고 수학 문제를 풀며 사소한 점수에 전전긍긍하는 동안 나는 그 옆에서 아무런 변화도 없는 똑같은 나날을 보내는 중이었다. 매일같이 진학이라는 레이스에서 전력 질주를 하느라 눈코 뜰 새 없이 바쁜 다른 아이들과는 달리 나는 일찌감치 골인 지점에 도착해버린 선수처럼 그 어떤 것에서도 흥미를 느끼지 못했다.

그나마 다행스러운 건 이따금 소소한 에피소드가 단조로운 학교생활을 풍요롭게 해준다는 사실이었다. 일례로 나는 학교에서 열리는 각종 대회에 반 대표로 참가했다.

오로지 진학률만을 신경 쓰는 학교에서 수업과 상관없는 각종 대회는 하나같이 다 가짜였다. 아마도 상급 기관에 보여주기 위함이거나 이 학교가 단지 영리를 추구하는 '대학 공장'이 아닌, '지덕체를 고루 갖춘 인재 양성의 요람'이란 사실을 과시하기 위해서일 테니까.

어차피 따로 시험공부를 할 필요가 없어 시간이 남아돌았던 나는 갖가지 대회가 열릴 때마다 손을 들어 참가 신청을 했다. 한 학기 동안 나는 미술, 웅변(영어와 국어), 낭독, 작문, 심지어 시사 테스트와 만화 그리기, 걸스카우트 매듭법 대회까지 출전했다.

열리는 구실도 제각각인 이 수많은 대회 중에서 가끔은 나도 어디에 신청을 했었는지 까먹을 정도였다. 하지만 어차피 입상 여부는 상관없었다. 신발 끈조차 깔끔하게 묶지 못하는 내가 매듭법 대회에도 참가했으니 말이다!

라오따이가 얼마 뒤 국어 웅변대회가 열린다는 사실을 상기시켜주자 되레 그때부터 신경이 쓰이기 시작했다. 초등학교 시절, 나는 학교 대표로 현(縣, 타이완의 행정 구획 단위-옮긴이) 단위의 '전국 웅변대회'에 참가했다가 제대로 쓴 맛을 본 경험이 있었다.

몹시 한심한 패배였다.

촌구석에서 온 나는 웅변에 그토록 다양한 '연기'가 곁들여져야 한다는 사실을 전혀 알지 못했다. 낭랑하고 우렁찬 목소리뿐만 아니라 수시로 주먹을 불끈 쥐거나 손을 흔드는 행동이 곁들여져야만 사람들의 주목을 받을 수 있었고 열렬한 박수 소리가 쏟아져 나왔다. 화려한 트로피 역시 마찬가지였다.

그 당시 내가 정말 작은 목소리로 이렇게 중얼거렸던 장면도 기억난다.

"여러 심사위원님과 내빈 여러분……."

나는 길 잃은 한 마리 어린 양처럼 기개라곤 전혀 찾아볼 수 없는 무력한 모습으로 겨우 단상에 서 있었다.

나를 지도했던 선생님마저도 힘없이 내 손을 잡으며 이렇게 위로했다.

"상을 받지 못해도 괜찮아. 이것도 다 경험이니까."

좌중을 압도하는 다른 참가자들의 모습을 단상 아래 서서 바라보며 내 마음은 심하게 요동쳤다. 내가 다른 사람들보다 못하다니? 내가 실패를 하다니?

손짓 발짓, 생동감 넘치는 말투, 나도 다 할 수 있다고! 침착하고 차분한 태도, 자신감 넘치는 사랑스러운 미소, 나도 승리할 수 있었다고! 당시 단상 위에 올라선 예쁜 여자아이가 나보다 나은 점은 딱 한 가지였다. 빨간 리본으로 머리를 묶은 그 여자아이는 '웅변대회'라는 행사가 원래 어떤 것인지 잘 이해한 듯 보였다. 만약 다시 단상에 올라간다면 나도 저 아이랑 똑같이, 아니, 더 잘 해낼 자신이 있었다.

나는 내가 웃을 때 얼마나 고상하고 우아한지 잘 알았으니까.

이번 웅변대회는 그렇고 그런 여타 대회와는 달랐다. 나한테는 과거의 치욕을 씻어낼 기회이기도 했다. 비록 과거의 실패에 대해 아는 사람이 전혀 없다 해도 아무튼 나는 단 하나의 오점조차 허락할 수 없었다.

그래서 이번 웅변대회만큼은 반드시 최선을 다해야만 했다.

라오따이가 종이봉투 하나를 불쑥 내밀었다.

"이게 뭐야?"

봉투를 열자 빨간색 벨벳 나비넥타이가 나왔다.

"우리 누나 건데, 행운의 나비넥타이야. 매번 웅변대회에 참가할 때마다 엄마가 누나 목에 매줬어."

라오따이가 주절주절 설명을 했다.

"야, 좀. 무슨 어릿광대도 아니고."

나는 봉투를 다시 라오따이에게 떠넘겼다.

"하지만 효과가 있다니까. 누나는 대회마다 전부 1등이었어."

라오따이는 '1등'이란 단어에 특별이 힘을 주어 말했다.

"너무 유치하잖아. 웅변대회가 나비넥타이에 좌우되진 않아."

나는 고개를 절레절레 흔들었지만 처음으로 라오따이의 가족에게 호기심이 생겼다. 늘 1등인 누나라니?

"너희 누나 예뻐?"

이런 식으로 물어도 되나 싶었다. 하지만 라오따이와 얘기할 때면 난 늘 이런 식으로 아무 생각이 없어졌다.

"그럭저럭. 너보단 못생겼지."

라오따이의 얼굴이 갑자기 빨개졌다.

"대회 당일 긴장하지 말고 단상 아래 청중들을 그냥 돌덩이로 생각하래. 우리 누나가 그랬어."

"야, 너희 누나한테 수업료 내야겠다."

"우리 누나 진짜 괜찮은 사람이야. 아마 너도 좋아할 거야."

나는 라오따이의 입에서 연달아 나오는 '우리 누나'란 말이 좀 싫었다. 심지어 약간의 질투마저 느꼈다. 내 눈앞의 이 남자애한테 나 말고도 영향력을 발휘하는 존재가 세상에 또 존재하다니.

내가 왜 이러지? 나는 라오따이라는 이 남자애한테 관심조차 없는데. 이 아이의 누나가 나랑 무슨 상관이라고? 나는 어깨를 한 번 으쓱해 보이곤 라오따이를 무시한 채 교실로 들어가 웅변 대회 원고를 외웠다.

대회 당일에서야 '랜덤 뽑기'로 주제가 정해진다는 사실을 알게 된 나는 잠시 안절부절 못하고 불안해졌지만 이내 이성을 되찾았다. 그리고 스스로를 향해 이렇게 되뇌었다. 청중들을 돌덩이로 생각하면 되지, 뭐. 평소 나는 작문을 빨리하는 편이었기 때문에 이번 대회를 '말하기 작문'으로 여기고 뭐든 일단 펜이 가는 대로 쓸 작정이었다.

전교생이 웅변대회를 참관하러 왔고 우리 반은 단상 바로 코앞에 자리를 잡았다. 나란히 다른 참가자들과 함께 단상에 앉아 어두컴컴한 아래쪽을 내려다보자 무슨 이유에서인지 1년 전의 실패가 떠올랐다. 나는 바짝 정신을 차리며 생각했다. 목소리는 크고 부드럽게, 미소를 지으며 가슴을 쫙 펴고, 머리는 꼿꼿이. 나는 다른 참가자들과 경쟁하는 게 아니야. 이 아이들은 나한테 아무런 위협도 안 돼. 얘들은 나를 그저 성적에만 신경 쓰는 '모범생'이라 여겨왔을 뿐이야. 나는 '실패했던 나 자신'과 싸우는 거야.

대회가 시작되자 먼저 관례대로 교장 선생님과 주임 선생님의 식상한 애기가 이어졌고 그다음 참가자들이 제비뽑기로 주제를 추첨했다. 일단 주제를 뽑고 나면 단상 뒤에서 30분 동안 웅변 원고를 준비할 시간이 주어졌다.

'효도의 중요성을 논하시오.'

내가 뽑은 주제는 너무나 형식적이고 무미건조했다. 하지만 작문 수업에서 이미 다루었던 주제인지라 나한테는 전혀 문제가 되지 않았다. 준비실에서 웅변 원고를 외우며 나는 아주 기개 넘치는 손동작 몇 가지를 준비해 곳곳에 배치했다.

단상에 올라간 1번 참가자의 목소리가 들려왔다. 그런데 이거 뭐지? 현 단위의 전국 웅변대회에서 들었던 말투랑 똑같았다. 내가 이 대회를 너무 얕잡아봤나? 설마 다른 반 참가자들이 성적에만 신경 쓰는 그렇고 그런 '모범생'이 아니었던 거야?

몹시 당황한 나머지 여태껏 열심히 외운 원고를 까먹을 지경이었다. 하지만 이내 방법을 생각해냈다. 몸짓이나 말투, 손동작으로 경쟁이 안 된다면 다른 방법을 모색해야겠지. 내가 말할 '내용'으로 승부를 보자.

청중과 심사위원의 주목을 끌 만한 좀 더 특별한 이야기가 필요했다. 난 절대로 지고 싶지 않았다.

깊은 심호흡을 하며 나는 주먹을 꽉 쥔 채 허벅지를 두드렸다. '효도의 중요성을 논하시오'에서 방법을 찾아야만 했다. 남들과는 다르고 무언가 특별한, 예상치 못한 방법으로 허를 찌를 만한 그런 방법.

드디어 차례가 되어 단상에 오르자 허벅지 근육이 떨림을 견디지 못하고 후들거렸다. 하지만 내 머릿속은 오직 적들을 섬멸하고 반드시 이 전쟁에서 승리해야 한다는 생각뿐이었다. 나는 고개를 꼿꼿이 들고 말문을 열었다.

"이 자리에 모이신 여러 심사위원 선생님 그리고 학생 여러분……."

그리고 잠시 멈춤, 온화하지만 비굴하지 않은 표정으로 단상 아래 선생님들을 향해 미소.

"오늘 제가 발표할 주제는 '효도의 중요성을 논하시오'입니다."

1초간 정지 그리고 한층 더 큰 목소리로 '효도의 중요성을 논하시오'를 다시 반복.

나는 뒷짐을 진 채 싸움터를 향해 나아가기 시작했다.

"사실, 웅변대회나 심지어 작문대회 혹은 서예대회에서도 이러한 주제는 다룰 필요가 없다고 생각합니다……."

단상 아래쪽이 술렁이는 바람에 내 목소리가 묻히는 듯했다. 말투를 좀 더 강조하기 위해 나는 결연한 목소리로 한마디를 덧붙였다.

"네, 그렇습니다. 이러한 주제가 등장한다는 것 자체가 참으로 애석한 일이기 때문입니다…….”

바로 그때, 마치 벼락이 내리치듯 순식간에 학생주임이 마이크를 잡고 소리쳤다.

“그만! 장칭 학생, 거기까지.”

나는 넋 나간 사람처럼 그 자리에 얼어붙고 말았다. 이제 겨우 두 줄 말했는데.

학생주임은 단상으로 올라와 내 소맷자락을 움켜쥐곤 단상 옆으로 끌고 갔다.

“방금 그게 무슨 소리냐? 반항이라도 할 셈이냐?”

너무도 맹렬하고 난폭한 말투로 공격을 받은 나는 망연자실한 상태로 그저 멍하니 학생주임을 바라보았다.

그때 담임선생님이 단상으로 올라와 나를 감쌌다.

“아직 끝나지 않았잖아요. 끝까지 들어봐야죠.”

“어떻게 끝까지 듣겠습니까? 전교생 앞에서 그런 말을 했는데. 다른 사람들을 전부 바보로 만들 작정이세요?”

학생주임이 흥분할 때만 사용하는 사투리가 튀어나왔지만 나는 그 말을 전부 똑똑히 알아들었다. 해명을 하려고 했지만 억울한 마음에 눈물만 흘러내렸다.

억울한 누명을 뒤집어썼다는 생각에 나는 정말로 화가 났다. 그리고 사람들이 다 보는 앞에서 단상 아래로 질질 끌려간 상황 역시 너무나 수치스러웠다.

교실로 돌아오자 담임선생님이 내 눈물을 닦아주며 이렇게 말했다.

"네가 절대 일부러 그런 게 아니잖니. 선생님은 다 이해해. 너한테도 나름 생각이 있었겠지."

반 아이들이 속속 교실로 돌아왔고 라오따이가 뒤에서 내 의자를 툭툭 발로 찼다.

나는 고개를 돌리지 않았고 더 이상 울지도 않았다. 그리고 별안간 깨달았다. 수많은 어른들이 그토록 무지할 수도 있다는 사실을. 나이를 먹을 만큼 먹고서도 그토록 무지하다니. 조금은 불쌍했다. 나는 학생주임을 동정했지만 그렇다고 해서 용서할 생각은 없었다.

나는 작문 노트를 꺼내 방금 웅변대회에서 하려 했던 말을 빠짐없이 적어내려 갔다.

"사실, 웅변대회나 심지어 작문대회 혹은 서예대회에서도 이러한 주제는 다룰 필요가 없다고 생각합니다. 이러한 주제가 등장한다는 것 자체가 참으로 애석한 일이기 때문입니다. 예로부터 우리는 늘 이렇게 말해왔습니다. 효도는 집안을 잘 다스리는 근본이며 이 나라는 동방의 예의지국이라고 말입니다. 그런데 굳이 이런 주제를 내세우며 강조를 해야만 합니까? '예의'나 '효'라는 존재가 이미 변질되어 사라지고 없다면, 그때 비로소 이러한 주제를 상기시킬 필요가 있을 겁니다……."

바로 이게 내가 준비한 원고였다.

나는 노트에 적은 원고를 담임선생님에게 제출했고 내 글을 재빨리 훑어본 선생님은 고개를 끄덕이며 말했다.

"독창적인 내용이네. 이 원고는 학생부에 전달해야겠다. 그래야 너한테도 공평하지."

"그러실 필요 없어요."

나는 고개를 가로저으며 대답했다.

또다시 난감한 일이 벌어질 게 뻔한데, 구태여 그럴 필요가 있을까?

수업이 끝나자 라오따이는 누나가 책을 사다달라고 부탁했다며 나를 따라왔다. 우리는 종화루에서 종산루를 따라 걸어갔고 쇼윈도를 지날 때마다 유리창엔 근심걱정 가득한 여학생의 실루엣과 무언가 말을 하려다 말고 입을 다무는 남학생의 옆모습이 비쳤다.

부아이루의 서점에 도착했을 때 라오따이가 마침내 입을 열었다.

"내가 뭐랬어……."

라오따이는 주머니에서 빨간색 벨벳 나비넥타이를 꺼내며 말했다.

“이 행운의 넥타이를 매고 나갔어야지. 그랬다면 그런 재수 없는 일도 당하지 않았을 거라고.”

나는 넥타이를 받아들었다. 그리고 웃었다.

“라오따이, 넌 미신을 너무 믿어.”

바로 그 순간 느닷없이 라오따이가 어디에 사는지 몹시 궁금해졌다. 매일 밤 라오따이가 어느 동네, 어느 골목, 어느 건물에서, 어떤 티브이 프로그램을 보며, 어떤 상표의 치약을 사용하는지 알고 싶었다.

정말 이상했다. 어떤 한 사람을 알게 된 후부터 난 줄곧 그 사람에 대해 잘 안다고 생각해왔다. 하지만 일단 학교 수업이 끝나면 라오따이는 그저 머나먼 어떤 곳의 낯선 사람일 뿐이었다.

나는 가방에서 지도를 꺼내 서점 앞에 주차된 오토바이의 좌석 위에 펼쳐놓았다.

“우리 집은 이쪽 끝이야. 지도 밖이지. 여기서 계속 북쪽 방향으로 가야 해.”

나는 촌구석의 우리 집 방향을 가리키며 말했다.

“너희 집은 어디야? 넌 어디 살아?”

라오따이는 가까이 다가와 지도를 한참이나 들여다보았다. 보아하니 모든 사물이 축소된 한 장의 종이 위에서 자신의 집을 찾아내는 일을 무척이나 어려워하는 눈치였다.

“우리 집은 밍더루 12번지야. 이 뒤쪽으로 가서 우회전 한 다음 좌회전 그리고 다시 또 우회전.”

결국 라오따이는 지도를 포기하곤 고개를 들어 허공에다 손짓으로 그림을 그렸다.

내가 이런 말을 한 것도 바로 그때였다.

“지도는 나를 세상 어디로든 데려다줄 수 있어.”

그러자 라오따이가 대답했다.

“만약 어디론가 떠나고 싶다면 난 굳이 지도를 들고 가진 않을 것 같은데.”

아스라이 땅거미가 내려앉은 무렵, 나와 라오따이는 한바탕 토론을 벌였다. 도대체 이 세상은 얼마나 넓을까, 세상에서 가장 신기한 장소는 어디일까, 교과서에 등장하는 히말라야는 도대체 얼마나 높을까 등등.

그러다가 나는 갑자기 말을 멈추고 서점 안으로 들어가서 세계지도 한 장을 샀다. 내 생애 두 번째로 산 지도였다. 얼떨결에 나를 따라 서점으로 들어갔다 다시 밖으로 나온 라오따이는 내가 뭘 하려는지 도통 모르겠다는 표정이었다.

나는 마치 혼자만 아는 비밀문서를 다루듯 세계지도를 잘 접어 가방 속에 집어넣었다. 어린 시절의 엉뚱한 상상, 계단을 올라 어떤 장소에 도착하곤 했던 그 어렴풋하고 희미한 상상이 갑자기 눈앞에서 또렷이 펼쳐졌다. 비록 그곳이 어디인지는 나도 잘 몰랐지만.

"지도가 그렇게 좋으면 내가 좀 갖다 줄게. 우리 집에 엄청 많아."

라오따이의 목소리에 나는 그제야 혼자만의 비밀 세상에서 현실로 돌아왔다. 하마터면 라오따이가 곁에 있다는 사실조차 거의 잊어버릴 뻔했다.

어디로 가고 싶은지 나 자신도 알지 못했다. 내가 아는 건 단지 발걸음을 내디뎠다는 사실 뿐이었다.

나무 위의 오두막에서 뛰어내리고 싶었다. 그리고 아득히 머나먼 세상으로 나아가고 싶었다. 그 오두막은 너무 작았다. 나는 더 먼 곳을 내다보고 싶었고 그 너머의 세상을 알고 싶었다. 좁디좁은 오두막 안에서 잔뜩 움츠리고 있는 사람들이 정말 싫었다. 그 사람들은 틀에 박힌 시야 때문에 점점 더 편협해져갔고 나무 아래쪽에서 도약하고 뒹구는 타인들을 절대로 용납하지 않았다. 마치 학생주임처럼.

내가 성장한 걸까? 인간은 거듭되는 실패를 거쳐야만 비로소 성장했다고 말할 수 있는 걸까? 나도 모르겠다. 라오따이는 더더욱 알 리가 없을 테고.

탐험을 떠나야겠다. 길을 걷다 초원을 만나거나 오아시스가 나타나면 그곳에서 잠시 쉬어 가는 거야. 지도를 가져간다면 훨씬 수월하겠지. 가야 할 방향을 분명히 알려줄 테니까.

하지만 당시 내 수중엔 흐릿하고 복잡한 세계지도 한 장이 전부였다.

5. 괜찮아, 나의 성은 안전하니까

나와 라오따이를 두고 반 아이들이 뭐라고 수군댈지 짐작이 갔다. 분명 이런 얘기들이겠지.

"저 둘은 사이가 좋은가 봐. 자주 데이트 하던데."

"장칭 같은 여자애가 반에서 15등 하는 따이리더를?"

"다른 애들은 죄다 무시하면서 따이리더랑만 얘기하잖아."

"따이리더가 장칭네 집에도 갔었다던데."

등 뒤에서 들려오는 이런 얘기에 나는 아무런 반응도 하지 않았다. 마치 집에서 키우는 다람쥐처럼 라오따이는 내게 아무런 해가 되지 않는 친구였다. 마음이 답답할 때면 나를 달래주었고 아무런 조건 없이 내 푸념도 들어주었을 뿐만 아니라 내가 입을 꾹 다물어버려도 쓸데없는 참견을 하지 않았다. 라오따이는 언제나 충실히 내 곁을 지켰다. 도망가지 않고.

내가 보는 라오따이는 그랬다.

라오따이는 나를 어떻게 봤을까?

한 번도 생각해보지 않았다.

난 너무나 바빠서 그런 생각에 신경 쓸 겨를이 없었다. 9학년(대만의 학제는 초등학교 6년, 중학교 3년, 고등학교 3년으로 우리나라와 비슷하다. 9학년은 우리나라의 중학교 3학년에 해당한다.—옮긴이)이 되자 학교 공부가 버거워지기 시작했다. 복잡한 방정식 몇 개는 이해하지 못했고 오랜 시간을 들여 외워야 하는 전압과 전류의 방향에 짜증이 났다.

엄마가 방 안에서 CD를 듣는 중이었다. 들릴락 말락 흘러나오는 구성진 나팔소리의 선율에 나는 화가 치밀었다. 그 누구도 힘들게 공부하는 나를 방해할 순 없었다.

오밤중까지 청소라는 임무를 손에서 놓지 못한 큰고모는 한창 주방에서 쓸고 닦느라 눈코 뜰 새 없이 바빴다. 날이 밝으면 작업실의 전기톱 소리와 함께 또다시 톱밥의 공격이 시작될 게 뻔했지만 그럼에도 불구하고 큰고모는 여전히 포기를 몰랐다. 도대체 뭣 때문에 저리도 열심일까.

아빠는 일찌감치 잠이 들었다.

반년 전부터 엄마와 아빠는 방을 따로 썼다.

아무래도 엄마의 요구인 듯했다. 어느 날 수업이 끝나고 집에 돌아와 보니 엄마가 진사부를 시켜 오른쪽 손님방으로 옷장을 옮기는 중이었다. 그리고 그날 밤 손님방에서는 여자 가수의 나지막한 목소리가 흘러나왔다. 나는 내 방에 앉아 무언가에 홀린 사람처럼 그 가수의 목소리에 빠져들었다. 세상 모든 일을 잠시나마 잊게 해줄 것만 같은 선율이었다. 엄마가 홀로 방 안에서 음악을 듣다니. 이게 과연 무슨 의미일까?

엄마는 매일 이른 새벽에 일어났다. 누가 먼저 주방을 차지할지 큰고모와 경쟁이라도 벌이는 듯했다. 큰고모의 요리는 늘 밥과 채소 볶음이었지만 엄마가 준비하는 아침 메뉴는 접시 위에 우아하게 담아낸 달걀 프라이였다. 옆에 포크를 곁들여서.

딱 외국 잡지에 나오는 사진 같았다.

엄마는 외국 잡지에 나오는 스타일을 따라했고 나한테 매달 정기적으로 서점에 들러 외국 잡지를 사오라고 했다. 그리고 잡지에 나오는 사진처럼 부푼 소매의 짧은 블라우스를 직접 만들어 입었다. 엄마가 아빠한테 사진을 보여주며 동그란 모양의 탁자를 만들어 달라고 한 적도 있었다. 그 탁자를 정원에 놓고 이국적인 느낌이 물씬 풍기도록 빨간색과 하얀색의 체크무늬 천을 덮어야겠다면서 말이다.

아빠는 엄청난 인내심으로 엄마의 그런 행동들을 참아냈고 낮은 목소리로 혼자 중얼거리며 불만을 토로했다.

"이 사장이 주문한 옷장 세 건도 월말까지 완성해야 하는데, 그딴 원탁 만들 시간이 나겠어?"

하지만 아빠는 주문 일정을 맞추기 위해 진사부를 바쁘게 다그치고는 직접 목재를 골라 작업실 뒤쪽으로 사라졌다.

진사부는 한껏 목청을 높여 CD에서 흘러나오는 남자 가수의 노래를 따라 부르곤 했다. 마치 온 세상을 향해 자신이 메인 보컬이라고 선언이라도 하는 사람처럼. 사실 난 진사부를 엄청 싫어했다. 진사부가 엄마를 바라보는 표정이 정말이지 이상했기 때문이다.

하지만 내겐 이런저런 일에 신경을 쓸 여유가 없었다. 나는 시험지의 물리와 화학 심화 문제 때문에 폭발하기 일보 직전이었다. 시간이 남아돌아 빈둥거리던 시절은 다 옛말이었고 매일같이 잠이 덜 깬 눈을 비비며 가까스로 차에 올라타기 일쑤였다. 창밖으로 스쳐가는 풍경을 바라볼 여유 따위는 없었다. 모든 풍경들은 그저 꾸벅꾸벅 조는 내 모습의 배경이 되어버리고 말았다.

반 아이들끼리 한가롭게 잡담을 나눌 마음의 여유도 점차 사라져갔다. 모두가 똑같은 상황 앞에서 다른 사람의 일에는 관심조차 없었다. 그저 그날의 시험문제를 무사히 풀어내는 것만이 우리에게 주어진 유일한 일과였다.

라오따이의 성적은 점점 오르기 시작했다. 15등에서 10등, 8등으로 올라가더니 지난 번 시험에선 5등을 차지했다. 린지아신에게 1등을 빼앗긴 나는 2등이 됐다.

잔뜩 심통이 난 상태로 집에 돌아가는 길이었다. 지리 5번 문제만 맞췄더라면 린지아신에게 지는 일은 없었을 텐데. 나는 인생에서 처음 2등으로 추락해버렸다.

초등학교 시절, 왕수란에게 내 숙제를 베껴도 된다고 흔쾌히 허락해주며 느꼈던 안도감은 까마득한 과거의 일이었다. '2등'이라는 망치가 나를 마구 두들기며 이렇게 말하고 있었다.

'너는 더 이상 세상의 중심이 아니야. 너도 결국 2등으로 고꾸라지고 마는 그렇고 그런 인간일 뿐이야.'

라오따이는 아무 말 없이 내 옆에서 걸었다. 나는 꼬박 하루하고도 열 시간의 시험을 치루고 난 뒤라 말할 기운조차 없었다.

"우리 누나가 그러는데, 실패는 원래 인생의 한 부분이래."

이런 철학적인 위로야말로 세상에서 가장 쓸데없는 일이었다. 나는 냉랭하게 대꾸했다.

"너희 누나는 실패해본 적이 없으니까 그런 말을 했겠지."

그러자 라오따이가 얕은 한숨을 내쉬며 대답했다.

"아니야. 요즘 우리 누나 상황은 끔찍해."

그리고 잠시 말을 멈추었다가 한마디를 덧붙였다.

"나도 그렇고."

내겐 라오따이를 위로해줄 기운이 없었다. 내 상처를 스스로 위로할 힘을 남겨둬야만 했으니까.

"1등이 정말로 그렇게 좋아? 난 싫어."

라오따이가 또다시 바보 같은 소리를 시작했다.

"늘 1등으로 살아야 한다면 너무 피곤하잖아! 가끔은 다른 사람더러 그 자리에 좀 가 있으라고 해. 그냥 줘버려."

"그게 무슨 크리스마스 선물이니?"

입으로는 이렇게 말했지만 묘하게 안심이 됐다. 그래, 맞아. 난 좀 피곤했어. 거대한 메달을 그토록 오래 짊어지고 있었으니 피곤한 것도 당연하잖아?

놀랍게도 그 순간 나는 1등을 빼앗아 간 린지아신을 미워하고 있지 않았다.

라오따이의 걸음이 점점 느려지더니 내 등 뒤에서 들릴 듯 말 듯 작은 목소리가 들렸다.

"하지만 이것만은 네가 영원히 1등이야. 내가 보증할게."

"그래? 뭔데?"

라오따이는 조금 머뭇거리다가 대답했다.

"만약 내가 누군가 한 사람을 생각해야 한다면, 그게 언제가 됐든 영원히 너를 첫 번째로 떠올릴게. 약속해!"

"야, 무슨 실없는 소리야."

내 말에 라오따이는 머리를 긁적이며 미소를 지었다.

서점 앞에 도착하자 갑자기 라오따이가 걸음을 멈추며 말했다.

"너한테 줄 선물이 있어."

"무슨 선물?"

라오따이는 가방 안에서 지도 한 장을 꺼냈다.

"내가 직접 그렸어. 너 지도 좋아하잖아."

종이를 펼치자 연한 갈색과 녹색, 남색의 수채화 물감 위에 얇은 펜으로 그린 온갖 경계선과 도로 그리고 하천이 눈에 들어왔다.

"이거 어느 나라야? 경도는? 위도는?"

그 당시 나는 이미 꽤 많은 국가의 지도를 모았지만 이런 형태의 지도는 한 번도 본 적이 없었다.

그러자 라오따이가 양 볼에 보조개를 만들며 겸연쩍다는 듯 대답했다.

"이곳은 내가 만들어낸 가상의 장소야. 지구상엔 존재하지 않아."

"라오따이, 너 정말 상상력도 풍부하다."

나는 고개를 절레절레 저으며 대꾸했다.

"상상이 즐거운 일이란 생각은 안 들어?"

"난 뭐든 확실한 편이 좋아."

손 안의 지도를 들여다보며 나는 이렇게 되물었다.

"상상하면 뭐가 즐거운데?"

"난 늘 상상해. 혹등고래를 타고 소리를 지르며 바다를 누비는 상상."

또 시작이었다. 내가 제일 듣기 싫은 그놈의 고래 이야기. 사람이 그토록 먼 바다에서, 그토록 거대한 크기의 동물 위에 올라타다니. 말이 되냐고.

지도에 적힌 '벌꿀바다', '몽상의 산', '청록색과 적갈색 도시', '초저녁 하늘길' 같은 단어들이 눈에 들어왔다. 맙소사. 심지어 '바람이 노래하고 꽃이 춤을 추는 분지'도 있었다.

"라오따이, 언젠가 진짜로 이런 장소에 가게 된다면 잊어버리지 말고 나한테 꼭 편지 보내. 장담하건대 세상에 이런 곳은 존재하지 않아."

"어쩌면 다른 별에는 정말 존재할지도 모르잖아."

시험 때문에 라오따이 머리가 어떻게 된 게 틀림없었다.

내가 지도를 가방 안에 조심스럽게 집어넣자 라오따이는 몹시 만족한 표정을 지었다. 꼭 견과류를 배불리 먹고 난 생쥐처럼 행복에 겨운 모습이었다.

"요즘도 고모가 너한테 괴팍하게 구셔?"

"신경 안 써."

나는 이따금 라오따이에게 집안일을 이야기하곤 했다.

아무에게도 말할 수 없는 단 한 가지 일만 빼고.

나는 감지하고 있었다. 조만간 우리 집에 어떤 사건이 터질 것만 같은 그런 기분 나쁜 조짐을 말이다. 몹시 두려웠지만 나는 그저 겁에 질린 눈을 동그랗게 뜬 채 제발 아무 일도 없기만을 바랄 뿐이었다. 엄마가 손님방에서 지내기 시작하고 외국 잡지에 나오는 체크무늬 치마를 입기 시작하면서부터 이런 예감은 점점 더 확실해져갔다.

엄마는 자신이 얼마나 예쁘게 보이는지 더 이상 내게 묻지 않았다. 이제는 반짝이는 머리핀도 사오지 않았고 거울 앞에 앉아 나한테 이것저것 귓가에 꽂아봐 달라는 부탁도 하지도 않았다. 멀리서 바라보면 아무렇게나 내동댕이쳐진 머리핀들이 마치 엄마의 귀를 깨문 채 무언가 귓속말하고 있는 것 같았다.

아빠의 일은 점점 더 바빠졌고 늦은 밤까지 양철 지붕 작업실에서 페인트칠을 할 때가 많았다.

나는 지도를 책상 앞에 붙이며 라오따이가 했던 말을 떠올렸다. '실패는 원래 인생의 한 부분이래.' 문득 이런 생각이 들었다.

'이놈의 세상은 정말이지 끔찍해. 사방이 죄다 실패야. 귀핀종

의 편지, 웅변대회, 게다가 2등까지. 그다음엔 또 뭐가 나올지 누가 알겠어?'

실패가 정말로 인생의 일부분일까? 그럼 왕수란 같은 애들은 진작부터 각양각색의 실패를 받아들였다는 말인가? 난 2등 때문에 이렇게 심란한데, 그럼 도대체 왕수란은 어떨까?

아니면 처음부터 그걸 실패라고 여기지 않았을까? 내일 라오따이한테 물어봐야겠다. 15등이었을 때 기분이 어땠는지.

'영원히 너를 첫 번째로 떠올릴게.' 이 말이 머릿속에서 맴돌았다. 결코 농담이 아니었다. 라오따이는 진지했다. 비단으로 만든 깃털 부채의 나무낌처럼 그 문장이 내 마음속으로 부드럽게 밀려들어왔다.

갑자기 기분이 좋아졌다. 다람쥐를 데리고 놀 때의 그런 유쾌함과는 좀 다른 느낌이었다.

친구, 내가 진심으로 믿고 의지하는. 행복이란 바로 이런 느낌 아닐까.

나는 싱긋 미소를 지었다.

그날 밤, 잠결에 누군가 조용히 방문을 열고 침대 곁으로 다가오는 소리를 들었다. 그리고 허리를 숙여 내 이마를 만지는 손길이 느껴졌다.

내가 열이 나는지 확인하려고 엄마가 항상 하던 행동이었다.

나는 몸을 뒤척이며 억지로 눈을 떴고 하품을 참아내며 물었다.

"엄마, 무슨 일이야?"

엄마는 아무 말 없이 내 뺨을 어루만지더니 몸을 굽혀 뽀뽀를 해주었다.

바로 그 순간, 차가운 물방울이 내 콧잔등으로 뚝 떨어졌다. 엄마가 다시 방에서 나갈 때까지 나는 몽롱한 상태로 생각했다. 방금 그건 눈물이었을까? 엄마랑 아빠랑 싸웠나? 그러고는 이내 다시 곯아떨어졌다.

다음 날, 뜨겁게 내리쬐는 햇빛 때문에 눈이 저절로 떠질 때까지 아무도 나를 깨우지 않았다. 큰일이다. 지각하겠네. 엄마, 큰고모, 다 어디 간 거야?

나는 허둥지둥 교복을 주워 입고 방문을 나섰다. 그런데 으레 들려야 할 전기톱 소리, 유행가 소리가 들리지 않았다. 집 안은 쥐죽은 듯 조용했다. 사람을 두렵게 만드는 정적이었다.

밖으로 나가보았지만 마당 역시 텅 빈 상태였다. 사람도, 노랫소리도, 떠다니는 톱밥도 없었다. 겁에 질린 나는 큰 소리로 외쳤다.

"엄마, 아빠, 큰고모."

새하얀 햇살을 받으며 나는 멍하니 맨발만 내려다보고 있었다. 문득 이런 생각이 들었다. 만약 누군가 한 사람을 떠올려야만 한다면, 나에게 첫 번째는 과연 누구일까?

뜻밖에도 그건 라오따이의 보조개였다.

저 멀리서 들려오는 오토바이 소리가 점점 가까워지더니 큰고모를 태운 아빠가 모퉁이를 지나 이쪽으로 다가오는 모습이 보였다. 잔뜩 굳은 두 사람의 얼굴을 보자마자 나는 끔찍한 일이 벌어졌음을 단박에 알아차렸다.

큰고모가 나를 끌어당기며 집 안으로 밀어 넣었고 아빠는 거친 목소리로 외쳤다.

"얼른 학교 가."

아빠의 말에 나는 우물거리며 대답했다.

"지각이야. 너무 늦었……."

"어린애처럼 굴지 말고 혼자서 가."

아빠는 힘껏 대문을 열었다가 또다시 쾅 소리가 나게 닫으며 한마디를 덧붙였다.

"엄마 없는 자식은 알아서 살아야 해."

그러고는 저벅저벅 걸어서 작업실 쪽으로 가버렸다.

뒤이어 고막을 찢을 듯 날카로운 전기톱 소리가 내 귀에 와서 꽂혔다.

큰고모는 한숨을 내쉬며 고개를 가로젓더니 소파에 털썩 주저앉아 이렇게 중얼거렸다.

"네 엄마는 여우야."

나는 어찌할 바를 모르고 눈물만 줄줄 흘렸다. 도대체 엄마는 어디 갔지? 늘 그랬듯 소파에 앉은 엄마가 팔을 내밀며 내게 이렇게 말할 것만 같았다.

'이리 와. 엄마가 안아줄게.'

엄마, 어디 있어?

"에휴, 네 엄마가 편지 한 장을 남겼는데 북부로 가서 살겠다는구나. 네 엄만 이곳을 떠나 번화한 도시에서 희희낙락 살고 싶은 게지. 천벌 받을 년."

엄마는 체크 꽃무늬 치마를 입은 채 떠나버렸다. 나와 아빠를 버려두고.

내가 줄곧 감지해왔던 어떤 일이 결국 벌어지고 만 것이다.

그런데 정말 이상하게도 화가 나지 않았다. 내 머릿속은 오직 이 생각뿐이었다. 어젯밤 엄마가 내 뺨에 입을 맞출 때 콧잔등으로 떨어졌던 물방울은 눈물이었다.

엄마는 이곳에서 행복하지 않았고 그랬기 때문에 떠나는 쪽을 선택했을 거다. 왜 단 한 번도 엄마한테 물어보지 않았을까? 엄마는 행복하냐고.

엄마를 꼭 껴안고서 제대로 물어보고 싶었다.

"어딜 간들 지 생각처럼 그렇게 좋기만 할까. 고생바가지를 겪고 나면 금방 돌아오겠지."

큰고모는 마치 자신에 하는 말처럼 중얼거리고선 그제야 나를 챙겨야겠단 생각이 들었는지 내 머리를 톡 치며 말했다.

"착하지. 어서 학교 가거라. 시험 준비해야지."

엄마가 사라지자 큰고모의 캐릭터가 바뀌었다. 아주 오래전 내 손을 잡고 시장에 가서 사탕을 사주던 젊고 인자한 고모로 되돌아갔다.

당시의 큰고모는 나이가 어렸으니 앞으로 다가올 외로움 같은 건 모를 때였겠지.

하지만 사람이 단번에 예전 모습으로 되돌아갈 순 없었다. 고모가 뱉은 '착하지'란 말이 내 귀엔 몹시 어색하고 부자연스럽게 들렸다. 고모한테 말해주고 싶었다. 엄마는 단 한 번도 나한테 '착하지' 같은 말을 한 적이 없었다고. 나는 소리 내어 엉엉 울기 시작했다.

큰고모는 학교에 전화를 걸어 내가 하루 결석한다고 알렸다.

우리 셋은 그렇게 각자의 방에서 하루를 보냈다. 한 끼도 먹지 않은 채.

다음 날 다시 학교로 가는 길에 나는 굳게 다짐했다. 그 어떤 감정도 드러내지 않겠다고. 선생님에겐 그저 감기라고만 얘기할 작정이었다. 아빠는 여전히 분노와 두려움에 휩싸인 상태였고 오늘은 아침도 먹으러 나오지 않았다. 흔들리는 차 안에서 나는 끊임없이 생각했다.

'엄마는 나를 그리워할까?'

코를 훌쩍이며 하마터면 흘러내릴 뻔한 눈물을 꾹 참았다.

'실패는 원래 인생의 한 부분이래.' 불현듯 이 말을 떠올리자 기분이 조금 나아졌다. 더군다나 이건 나의 실패가 아니었다. 이건 아빠의 실패였고, 엄마의 실패였으며, 함께 종적을 감춘 진사부의 실패였지 나의 실패가 아니었다.

아무 말도 없이 가버린 엄마가 미웠다. 나한테는 떠나는 이유를 솔직하게 말해줘도 좋았을 텐데. '시골 생활은 무미건조해.'라든가 혹은 '하루 종일 장부나 적고 밥만 차리며 살고 싶진 않아.' 아니면 '네 아빠는 성질이 너무 불같아.' 등등. 이거 봐. 엄마를 대신해 이렇게 많은 답안을 찾아낼 수도 있었잖아. 나는 생각했다. 난 엄마를 이해했을 거라고. 어쩌면 이런 조건을 달아 엄마를 보내줬을지도 모른다고.

'나한테 꼭 편지 보내. 학교로 만나러 와도 좋고.'

엄마는 왜 나한테 아무 말도 하지 않았을까?

나는 그 누구에게도 이 일을 말하지 않았다. 라오따이를 포함해서. 그저 엄마가 먼 곳의 친척을 보러 갔을 뿐이라고 여겼다.

'아무 일도 아니야.'

나는 스스로 이렇게 생각해야만 했다.

하지만 이런 상태로 코앞에 닥친 입학시험을 준비하기란 무리였다. 온종일 교과서를 들여다보아도 문장부호 하나조차 머릿속에 들어오지 않았다. 담임선생님은 이상하다는 듯 나를 보며 물었다.

"어째서 성적이 떨어지니?"

아무런 대답도 하지 못했다.

내 성적은 2등에서 5등으로, 8등으로 그리고 10등으로 곤두박질쳤다.

세 번째 모의고사가 끝나자 담임선생님은 내 시험지를 교단 아래로 내던지며 소리쳤다.

"장칭, 정말 너무하는구나. 공부하기 싫으면 학교에 오지 마!"

나는 앞으로 나가 시험지를 주워들고 다시 자리에 앉았다.

아, 정말이지 이 세상에 진절머리가 났다. 도무지 이해가 안 됐다. 1등이든, 2등이든, 그게 왜 그리 중요할까? 당신들 그거 알아? 나한테는 엄마가 없다고. 나한테는 100점이든 99점이든 다 필요 없다고. 나는 촌구석에서 온, 엄마도 없는 목수의 딸일 뿐이라고.

갑자기 모든 것이 분명해졌다. 왜 그때 성적표에 '거만하고 자기중심적'이란 말이 적혔는지 말이다. 스스로를 열등하다고 느꼈던 나는 '1등'을 이용해 나의 취약한 부분을 감춰왔다. 스스로를 저 높은 곳의 독수리로 여겼지만 사실 나는 연못에 빠져 허우적대는 병아리에 지나지 않았던 것이다.

이제 와 뭘 더 따져야 할까? 나 역시 남들과 마찬가지로 타고난 약점을 지닌 채 보잘 것 없이 살아가는 인간일 뿐이었다. 왕수란이 시험 세포가 부족한 인간이었다면 나는 내 미모만을 믿었던 교만한 인간이었다.

이제, 나에겐 아무것도 필요하지 않았다.

하지만 다시 예전으로 돌아가야만 했다. 하루하루를 충실히 살아내며 나는 엄마를 기다려야만 했다.

언젠간 엄마가 나를 보러 오리란 느낌이 들었다.

나는 작은 성을 지어 그 안으로 숨었다. 그리고 그곳에서 스스로를 위로했다. 어느 누구도 나의 성을 공격할 수 없었고 그 안으로 들어올 수도 없었다. 성 안에서의 나날은 아주 평온했다. 다시 정신을 차려 공부를 시작하고 골치 아픈 공식들을 통째로 외워버린 나는 다음 모의고사에서 덤덤한 얼굴로 '1등' 상장을 받아 들었다. 기쁨 따윈 없었다. 그저 안심이 될 뿐이었다.

아무것도 없는 세상에서 아직 내겐 '1등'이 남아 있었다.

나는 점점 더 많은 지도를 사들였다. 타이페이시, 먀오리, 난터우, 화롄 등등. 심지어 태국, 일본, 미국, 포르투갈, 튀니지의 지도도 사들였다. 그리고 상상했다. 엄마는 어느 곳에 있을까. 내가 좀 더 크면 이곳에 직접 갈 수 있겠지. 어쩌면 뉴욕의 브로드웨이 어느 모퉁이에서 엄마랑 우연히 마주칠지도 몰라.

라오따이는 매일같이 뒤에서 내 의자를 걸어찼지만 나는 그럴 때마다 고개를 돌려 건성으로 대답했다.

"곧 입학시험이야. 너도 열심히 준비해."

무언가 할 말이 있는 듯 보였지만 나는 그런 라오따이를 무시했다.

난 괜찮았다. 나의 성 안은 안전했으니까.

6. 우리는 함께 길을 떠날 거야

"오늘은 너랑 같이 갈게. 할 얘기가 있어. 중요한 일이야."

쪽지 한 장을 내미는 라오따이의 표정이 좋지 않았다.

해질 무렵, 종화루 양쪽 길가엔 포장마차 노점들이 하나둘씩 등을 밝히는 중이었다. 온통 오렌지 빛으로 물든 거리가 마치 꿈속 같은 분위기를 자아냈다. 우리는 국수를 파는 노점을 지나 꽃가게와 음료 가게를 차례로 지나쳤다. 라오따이는 내내 고개를 숙인 채 양손을 호주머니에 넣고 걸었다.

무언가 할 말이 있을 때면 라오따이는 항상 이런 식이었다. 특히나 말을 꺼내기 어려운 얘기일 땐 더더욱 그랬다.

"우리 집 이사 간대."

나는 잠시 멍해졌다.

"그것도 아주 먼 곳으로."

라오따이의 목소리는 몹시 침울했고 말투 역시 어수룩했던 평소와는 전혀 달랐다.

"미국으로 이민 가. 아빠가 그쪽 연구실에서 일하게 됐거든. 이번 학기만 끝나면 바로 갈 거야. 아마 7월 초쯤."

라오따이는 간단명료하게 말을 마쳤다.

우리는 백문조(白文鳥, 문조는 참새목에 속하는 새로 애완용으로 많이 키운다. 백문조는 문조의 품종 중 하나로, 몸길이는 16센티미터정도이며 온몸이 백색이고 부리와 발은 붉은 색을 띤다.-옮긴이)를 파는 노점 앞에 멈춰 섰다. 사랑의 새라는 별칭이 붙은 백문조는 언제나 한 쌍으로만 팔렸다. 온몸이 눈처럼 하얀 백문조가 새장 안에서 이리저리 폴짝대는 중이었다. 난 도통 이해가 되지 않았다. 이런 저녁에 누가 백문조를 사러 나올까? 혹시 누군가가 한 마리만 사겠다고 하면 어떡하지? 그럼 나머지 한 마리는 그리움에 사무쳐 결국 죽어버리지 않을까?

"장칭, 방금 내가 한 말 들었어?"

들었어. 그래서 지금 단 한 발자국도 움직이지 못하겠어. 제발, 제발, 제발, 이런 상황에서 나를 떠나지 말아줘. 엄마가 나를 버리고 간 그날, 내가 첫 번째로 떠올린 사람은 바로 너였단 말이야.

나는 뛰기 시작했다.

라오따이가 나를 쫓아왔고 우리는 어떤 다리 근처에 이르러서야 비로소 발걸음을 멈췄다. 어찌된 일인지 드라마의 한 장면처럼 느닷없이 웃음이 터져 나왔다.

하지만 난 이내 울고 말았다.

"그러니까, 난 전혀 미국에 가고 싶지 않은데……."

라오따이는 어쩔 줄 몰라 하며 더듬더듬 해명을 늘어놓았다.

"난 영어도 형편없잖아. 누나가 그러는데 내가 영어를 하면 꼭 일본 사람 같대. 부모님께도 대만에 남으면 안 되겠냐고 물어봤었어. 이모 집에 머물면 되니까. 이모는 아이가 없어서 나를 엄청 예뻐하거든."

말을 마친 라오따이가 몸을 돌려 내 손을 꼭 잡았다.

졸졸 물소리가 들려오는 다리 위에서, 따스한 금빛의 가로등 불빛 아래서, 라오따이는 오른손을 내밀어 아주 아주 아주 꼬옥, 온 힘을 다해 내 왼손을 움켜쥐었다.

그렇게 손을 잡은 채 우리는 아무 말 없이 서 있었다. 몇 세기를 관통할 만큼이나 기나긴 시간 동안.

전조등을 켠 버스 한 대가 옆으로 지나갔고 나는 손을 빼내며 말했다.

"늦었어. 차 놓치겠다."

"정류장까지 바래다줄게."

우리는 다시 해산물 국수 노점을 지나 금붕어 가게와 구슬치기 가게를 지나쳤다. 세상 곳곳마다 행복은 이토록 넘쳐났지만 애석하게도 내 몫의 행복은 없었다.

"너한테 줄 선물이 있어."

라오따이가 책가방 안에서 작은 상자를 꺼내자 나는 미소를 지으며 이렇게 말했다.

"설마 이번에도 가상의 지도는 아니겠지."

내 말에 라오따이 역시 웃으며 대답했다.

"실은 이번에도 지도를 그릴까 생각했었어. 미국에서 살게 될 우리 집의 지도 말이야. 그런데 시간이 부족하더라."

라오따이는 상자를 건네며 말했다.

"미국에서 사촌누나가 보내준 CD야. 예전에 이 음반이 상위 차트에도 올랐었대."

"난 외국 노래는 못 알아듣는데."

"노래라고 하긴 좀 그래."

라오따이는 포장을 뜯더니 케이스에 인쇄된 그림을 가리켰다.

"이건 혹등고래야. 이쪽은 범고래고. 이 음반은 '고래의 노래'야. 동물학자들이 바다 밑에서 녹음했대."

"고래가 부른 노래인데 그게 음반 차트에 올라갔다고?"

아무래도 미국 사람들은 너무 순진한 것 같았다.

그리고 내 머리를 쓰다듬으며 한 마디를 덧붙였다.

"하지만 언젠간 다시 돌아올 게다."

큰고모는 어떻게 다 알까?

의심하는 내 눈빛을 본 큰고모가 웃으며 말했다.

"이런 일은 옛날에도 있었어. 사람들은 자신이 뭘 원하는지, 뭘 싫어하는지 다 안다고 생각해. 하지만 어느 순간이 되면 깨닫는단다. 인생이 뜻대로 되지 않는다는 사실을 말이야."

고모가 도대체 무슨 얘길 하는 거지?

"나도 그렇게 돌고 돌아 다시 고향으로 내려왔으니까. 그리고 고향에서 맘 편히 살고 있으니까 말이다."

말을 마친 큰고모는 나를 보며 어서 저녁을 먹으라고 재촉했다.

큰고모에게도 사연이 있었다고? '행복과 불행', '실패와 인생'에 관한 사연이?

지금 엄마는 어디에 있을까? 행복할까? 엄마는 '행복한 가운데 불행한' 사람일까, 아니면 '불행한 가운데 행복한' 사람일까?

엄마, 남자아이를 한 명 알게 됐는데 그 애 이름은 라오따이라고 해. 전에는 걔를 그냥 아기 다람쥐 정도로 생각했거든. 그저 내 기분을 즐겁게 해주는 작은 장난감처럼 말이야. 그런데 이제 알겠어. 실은 그 아이가 바로 커다란 고래였다는 걸. 그 아이는 나를 태우고 광활한 세계를 향해, 지도 밖 세상을 향해 헤엄치는 고래였어.

어릴 적 꾸었던 바보 같은 꿈이 또렷이 떠오르네……. 나는 웃는 얼굴로 한 걸음 한 걸음 계단을 오르는 중이었어. 계단의 꼭대기에 올라 다다른 그곳은 내가 가장 동경해왔던 장소, 바로 '벌꿀바다'의 기나긴 해변이었지. 저 멀리서 혹등고래에 올라탄 라오따이가 나를 향해 다가오고 있어.

우리는 함께 고래에 올라탄 다음 길을 떠날 거야. 지도는 필요 없어.

인생이란 정교하게 그려진 지도가 아니니까.

7. 여전히 나를 첫 번째로 떠올리니?

나는 제1지망 학교에 합격했다. 규칙이 엄격한 여자 고등학교였다. '효도에 대해 논하라'라는 웅변 주제를 두고 감히 학생의 도전 따위는 용납되지 않는 고리타분하고 진부한 학교였다. 물론 나는 예전과 다른 방식으로 대항했다. 나는 엄청난 양의 책을 읽기 시작했고 특히 외국 소설을 찾아 원서와 중국어를 대조해가며 읽었다. 그리고 그 이야기들 속에서 다양한 인생의 진리를 찾아냈다. 나 혼자만 그것들을 진리라고 여겼는지는 모르겠지만 말이다. 아무튼 책을 읽을 때면 난 행복했다.

그리고 우리 집은 이사를 했다. 오랜 세월 톱밥을 들이마신 아빠는 더 이상 작업실에 머물 수가 없었다. 아빠가 기침을 하는 모습을 보면 마치 여기저기 금이 가 금방이라도 바스러질 듯 위태로운 낡은 도자기가 연상됐다. 큰고모의 고집대로 우리는 학교에서 멀지 않은 시내로 이사를 했고 일반 소매 가구점을 열었다.

아빠는 카운터 뒤에 앉아 작은 나무함이나 나무 접시를 즐겨 만들었다. 심지어 외국의 실내 인테리어 잡지를 보며 사진과 비슷한 촛대를 만들기도 했다.

아빠는 내게 이런 질문을 했다.

"장칭, 네 엄마가 이런 스타일을 좋아할까?"

그러고는 한숨을 내쉬며 혼잣말처럼 중얼거렸다.

"결혼한 뒤로 엄마랑 영화 한 편 보러 가질 않았어. 영화라면 껌뻑 죽던 사람이었는데."

아빠는 마지막으로 한마디를 덧붙였다.

"장칭, 나중에 엄마가 돌아오면, 엄마가 집을 나갔었단 얘기는 꺼내지 말자. 그저 몇 년 외국에 바람 쐬러 갔었다고 생각하자. 어때?"

아빠의 말에 난 울음이 터질 뻔했다.

엄마, 나 보고 싶지 않아? 아빠는?

그거 알아, 엄마? 가장 마음이 넓은 사람은 바로 아빠였어. 아빠는 높은 하늘을 날아다니는 독수리가 아니라 연못가의 어미닭이었어. 아빠는 연못 안에서 발버둥치는 병아리를 구하려고 슬프

게 울부짖었던 거야. 병아리의 무모한 행동과 배신을 이미 용서했으니까. 어미닭은 애초부터 병아리에게 훈계했었어. 연못으로 절대 가면 안 된다는 사실을 말이야. 하지만 그 순간만큼은 다 잊어버린 거지.

아니다. 잊어버렸다는 말보다는 용서했다는 말이 맞겠다.

떠나기 전에 반드시 해야 할 일이 떠올랐다. 나는 아빠의 손을 꼭 잡았다. 그 시절 라오따이가 그랬던 것처럼. 그리고 16년 만에 처음으로 말했다.

"아빠, 사랑해."

미안하지만 이야기는 여기서 끝내야겠다. 나는 아홉 시 십오 분 비행기를 타고 샌프란시스코로 가야 한다. 내가 왜 그곳에 가는지는 아무도 짐작 못 하겠지만 말이다.

바로 왕수란의 통역을 맡았기 때문이다!

나는 고등학교 졸업 후 대학에서 외국어를 전공했고 대학원에 진학했다. 공부를 마친 뒤로는 쭉 통역 일을 해왔다.(티브이에서 보면 두 나라의 정상 사이에 앉아 상대 국가 대통령의 말을 우리나라 대통령에게 전달하는 그 통역 말이다. 물론 난 대통령 통역 경험은 없다. 에휴, 이게 다 생활기록부에 적힌 기록, 그러니까 모두들 기억하는 바로 그 '효도 웅변' 사건 때문이다.) 나의 주 업무는 큰 기업의 사장님들 통역이었다. 가끔은 외국인이 사장님을 향해 이해 못할 농담을 건네는데, 그런 말은 어차피 통역해봤자 소용없을 때가 많아서 사장님 대신 나 혼자 웃어넘기기도 한다. 그럴 경우엔 대개 이런 식으로 설명을 했다.

"아, 이분께서 사장님 헤어스타일이 참 마음에 드신대요."

왕수란을 만나게 될 줄은 꿈에도 몰랐다. 아주 유명한 서예가가 된 왕수란은 자주 해외를 드나들며 전시회를 열었다. 회사에서는 왕수란의 통역으로 나를 추천했다. 처음 만난 날, 우리는 명함을 교환한 뒤 자못 궁금하다는 표정을 지으며 상대방을 향해 이렇게 물었다.

"제 초등학교 동창 중에……."

그렇게 우리는 서로를 알아보았다.

나는 왕수란을 놀리며 말했다.

"내가 진작부터 알아봤다니까. 네가 서예에 소질이 있다는 거."

당시의 왕수란은 성적표 위조 기술이 어찌나 뛰어났던지 선생님의 글씨체를 정말로 비슷하게 흉내 냈었다.

맞다. 그래서 왕수란은 이번 샌프란시스코 전시회의 수행 통역으로 나를 초빙했다. 미국의 몇몇 유명 잡지와도 인터뷰를 할 예정이라 믿을 만한 통역사가 필요해서였다. 어려서부터 왕수란은 나를 신뢰했으니까.

이미 10년이나 라오따이를 만나지 못했다.

하지만 어떻게 보면 라오따이는 결코 나를 떠나간 것이 아니었다. 라오따이는 내게 소중한 선물을 남겼고 그 어떤 친구보다도 충실히 내 곁을 지켜주었다. 아주 오래도록.

늘 이런 생각을 했다. 언젠가, 어딘가에서, 우리가 문득 마주칠지도 모른다고. 그런 날이 온다면 나는 이렇게 묻고 싶다.

"여전히 나를 첫 번째로 떠올리니?"

고래를
쫓는
소년

1. 나의 흰긴수염고래

어린 시절 나는 정말로 소심한 쫄보였다. 게다가 타고난 우등생 누나를 둔 덕분에 좀처럼 기를 펴지 못했다. 그래서 한때 이런 생각을 했었다. 내 존재의 이유는 누나의 똑똑함을 부각시키기 위해서라고.

누나에게는 여신, 요정, 천사, 뭐 이런 단어들을 죄다 갖다 붙여도 결코 과장이 아니었다. 단 한 번도 1등을 놓친 적이 없는 누나는 심지어 시험 전날 밤에도 나와 함께 그림을 그리며 시간을 보냈다.

"따이리옌, 내일 시험은 몇 과목이니?"

엄마의 물음에 누나는 종이에 그려둔 인형의 볼을 빨갛게 칠

하며 아주 태연한 목소리로 대답했다.

"몇 과목 안 돼."

그런 다음 가위로 인형 그림 자르는 것을 도와주며 인형의 옷은 어떻게 갈아입혀야 하는지 나에게 알려주었다.

"따이리더, 종이 인형은 목이 아주 얇으니까 자칫하면 잘리기 쉬워. 목은 자르면 안 돼."

5분 뒤, 나는 곧바로 종이 인형의 목을 따버리고 말았다.

누나는 한숨을 내쉬며 이렇게 말했다.

"동생아, 너 진짜 바보구나."

아마도 다섯 살쯤이었을까? 그 문장의 뜻을 이해하기 시작하면서부터 나는 우리 집에서 늘 바보로 통했다. 그리고 이런 생각을 했다. 어쩌면 엄마가 지금 실험을 하는 중인지도 모른다고. 누나와 나를 A조와 B조로 나눈 다음, 각각 다르게 조제된 분유를 먹인 뒤 어느 쪽 아이가 바보로 성장하는지 지켜보는 실험 말이다. 짐작컨대 아빠의 연구 주제가 아니었을까.

아빠는 대학에서 화학을 가르쳤고 엄마는 고등학교에서 영어를 가르쳤다. 누나는 나보다 네 살 많았지만 꼭 백 살은 더 산 사람처럼 굴었고 나를 머리에 털도 안 난 아기 다람쥐처럼 취급했다.

내가 누나에 대한 고자질을 할 때면(예를 들어 '누나 오늘 우유 안 먹었어' 라든가 '누나 몰래 티브이 봤어' 같은 시시콜콜한 것들) 엄마는 내 머리를 쓰다듬으며 한없이 자상한 목소리로 과거 누나의 훌륭한 행적들을 이야기해주었다.

“네가 어릴 때, 누나는 네 기저귀를 갈아주면서 눈썹 한 번 찌푸리지 않았단다. 물론 냄새 난다고 싫어한 적도 없고.”

“아직도 기억나. 한번은 누나가 너를 업고 슈퍼에 간장을 사러 갔었는데, 글쎄 너 주겠다고 슈퍼 주인한테 사탕을 얻어 왔지 뭐니.”

사실 난 누나를 무지 무지 사랑했다. 바보 같다는 둥, 미련하다는 둥 놀릴 때조차도 누나의 눈빛 속 또 다른 표정은 이렇게 말하고 있었다.

‘걱정 마. 이 누나가 지켜줄게.’

내가 초등학교에 입학하던 첫날, 누나는 자신의 가슴팍을 치며 어른스러운 목소리로 엄마 아빠를 향해 이렇게 말했다.

“내가 동생이랑 같이 등교하면 돼. 이따 수업 마치면 엄마 아빠가 데리러 와.”

엄마는 누나가 이렇게 나오리라고 미리 예상이라도 했는지 머리에 헤어롤을 잔뜩 만 채 아빠를 도와 무언가를 타이핑하느라 분주했다. 엄마는 나를 꼭 안아주며 말했다.

“따이리더, 오늘부터 너도 지식인이 되는 거야. 까먹지 말고 수업 끝나면 교문 앞에서 기다려. 엄마가 데리러 갈 테니까. 울지 말고."

그 순간 나는 몹시 울고 싶었지만 내 손을 꽉 움켜쥔 누나를 따라 하는 수 없이 아주 불쌍한 모습으로 집을 나섰다. 그리고 남몰래 혼자 걱정하기 시작했다. 초등학교랑 유치원은 어떻게 다를까? '지식인'이란 뭘까? 혹시 아픈 건가? 하루 종일 먹고 마시고 노래하고 춤추는 유치원은 정말 신나는 곳이었는데, 초등학교는 어떨까?

누나는 나를 교실로 데려가선 달래듯 말했다.

"얌전히 자리에 앉아 있어. 누나는 규율부 활동 때문에 가봐야 돼. 좀 이따 다시 올게."

누나는 그렇게 문밖으로 나갔고 나는 누나가 사라져버린 그 문을 뚫어져라 응시했다.

그때 어떤 여자 선생님이 교실로 들어와 아주 오랫동안 무언가를 이야기하더니 한 사람씩 이름을 불렀다. 나는 문 쪽을 바라보며 생각했다.

'누나는 언제 오지?'

울고 싶었다. 그리고 잠시 뒤, 오줌이 마렵기 시작했다. 시간이 지날수록 오줌은 점점 더 심하게 마려웠다.

나는 화장실이 어디인지 몰랐고 그 순간을 어떻게 대처해야 하는지도 몰랐다. 하지만 오줌은 기다려주지 않았다. 그 녀석은 나의 두려움과 나약함 따위는 무시한 채 맹렬한 기세로 돌진해 왔고 급기야 아무런 대책도 없이 제멋대로 튀어나와 버렸다. 나는 자리에 앉아 몸을 잔뜩 움츠리곤 아주 조금씩 바지에 오줌을 쌌다.

마침내 누나가 다시 돌아왔고 나는 누나를 보자마자 얕은 소리를 내며 울음을 터뜨렸다. 그리고 한사코 자리에서 일어나려 하지 않았다. 의자 밑에서 흥건한 물기를 발견한 누나는 비로소 모든 상황을 알아차린 표정이었다. 누나는 아무 말 없이 교실 뒤쪽에서 걸레를 가져와 먼저 내 책상과 의자, 서랍을 닦은 다음 고개를 숙인 채 바닥의 물기를 흔적도 없이 싹 닦아냈다.

교실 안은 몹시 소란스러웠고 다른 학부모들은 선생님과 이야기를 나누느라 정신이 없던 터라 아무도 우리에게 주의를 기울이지 않았다. 누나는 나를 일으켜 세워 화장실로 데려갔고 문을 잠근 뒤 젖은 걸레로 바지 밑단과 허벅지를 닦아주고는 마지막으로 손수건을 꺼내 나의 눈물을 닦아주었다.

"괜찮아. 걱정하지 마. 다음부터는 화장실에 가고 싶으면 손을 들고 선생님께 말씀드려."

누나는 나를 꼭 껴안아주곤 다음 1교시 수업에 다시 데려다주었다.

초등학교 교과서는 정말 지루하기 짝이 없었다. 책에 나오는 이야기는 재미라곤 손톱만큼도 없는 데다 심지어 책 속의 인형 그림은 누나가 그린 것과는 비교도 안될 만큼 형편없었다. 나는 누나가 그랬던 것처럼 교과서에 등장하는 엄마 그림에 챙 모자를 직접 그려 넣었고 꼬마 친구들에겐 귀걸이와 신발을 더해주었다. 그걸 본 선생님은 나한테 '교과서에 함부로 낙서하지 않겠습니다.'라는 문장을 열다섯 번 쓰라는 벌을 주었는데, 다행히 '함부로'와 '낙서'는 어려운 단어라 빼놓고 써도 된다고 했다. 집에 와서 누나가 나대신 왼손으로 문장을 쓰자 30분 만에 간단히 끝나버렸다.

누나가 교과서 안에 빼곡히 그려 넣은 그림들은 완전 서커스단이 따로 없었다. 하지만 누나는 단 한 번도 그것 때문에 벌을 받지 않았다. 누나는 내게 이렇게 말했다.

"맨날 시험에서 1등만 하면 아무도 너한테 뭐라고 하지 않아."

나도 한껏 분발하고 노력해서 월말 시험이 끝날 무렵엔 상장을 받고 싶었다. 그럼 엄마도 기뻐할 테니까. 하지만 안타깝게도 아무리 노력을 해봤자 내 등수는 10등, 9등이 고작이었다. 한번은 7등까지 올라갔었는데 그 다음에 곧장 11등으로 떨어지고 말았다.

"시험 못 봐도 괜찮아. 사람은 저마다 재능이 다르니까."

이런 말을 할 때면 고작 초등학교 6학년인 누나가 꼭 나이 많은 아줌마처럼 보였다. 그리고 참으로 다행스럽게도 부모님 역시

나에게 누나와 똑같은 말을 해주었다.

아빠의 서재는 학교보다 훨씬 흥미로운 장소였다. 누나랑 나는 그곳에 틀어박혀 '시시껄렁한(할머니의 말에 따르면)' 책들을 즐겨 보았다. 어느 날 우리는 화집 한 권을 몰래 보다가 어떤 나체 그림이 등장하자 바닥을 데굴데굴 구르며 깔깔댔다. 너무나 괴상한 그림으로 머리는 말을 닮았고 상체엔 여자의 가슴이 달려 있었다. 그런데 갑자기 누나가 정색을 하더니 엄숙한 말투로 말했다.

"이건 예술이야. 웃긴 왜 웃어!"

나는 누나의 말에 깜짝 놀라 감히 웃을 엄두를 내지 못했다. 그런데 잠시 뒤 누나가 또다시 폭소를 터뜨리며 외쳤다.

"하핫! 말대가리라니."

그 순간 나는 과연 웃어야 하나 말아야 하나 확신이 서질 않았다. 성적이 신통치 않았던 나는 스스로를 불신하는 경향이 있었다. 그리고 나에겐 누나를 따라 할 자격이 없다는 생각도 했다. 하다못해 교과서에 낙서를 해도 내 낙서는 누나의 그것과는 전혀 다르게 느껴졌기 때문이다.

서재에서 내가 가장 좋아하는 책은 아주 두껍고 무거운 『해양생물도감』이었다. "흰긴수염고래는 지구상에서 몸집이 가장 큰 동물이다." 이 문장을 책에서 처음 본 순간부터, 나는 그 거대한 포유류에게 매료되고 말았다. 아마도 그 '거대함' 때문에 내가 고래와 사랑에 빠졌는지도 몰랐다. 나는 생각했다. '거대함'에서 연상되는 어떤 강한 힘이 나의 '작고 나약함'을 보완해줄 거라고.

나는 누나가 흰긴수염고래처럼 느껴졌다. 아주아주 크고 거대해서 나를 완전히 휘덮어버리는 고래, 그래서 아무도 나를 건드릴 수 없게 만드는 고래.

그렇다면 나 또한 반드시 고래가 되어야만 했다. 아무도 나를 함부로 건드리지 못하도록 말이다.

엄마는 나를 사랑할까? 확실하지 않았다. 하지만 아빠를 사랑하는 것만큼은 확실했다. 엄마는 하루 24시간 중에서 아빠를 대신해 온갖 일을 하는 데 20시간쯤을 사용했다. 심지어 출근할 때도 아빠의 강의 내용을 챙겨 가서 쉬는 시간 틈틈이 영어로 번역했다.

아빠도 분명 엄마를 사랑했다. 그렇지만 아빠는 대개 '사람' 이외의 것을 더 사랑했다. 예를 들어 요즘 크리스털에 푹 빠진 아빠는 툭하면 이런 말을 했다.

"자연계의 수많은 신비는 과학으로도 해석할 방법이 없어. 사실 크리스털은 그저 이산화규소일 뿐이지만, 이억 년에 걸쳐 대지의 정수를 흡수해왔기 때문에 그 안에 엄청난 에너지가 존재해."

나와 누나는 고개만 끄덕이며 감자칩을 먹는 데 열중했다. 하지만 엄마만큼은 아빠의 말을 경청했고 이따금 '그렇구나!', '정말?', '와, 진짜 신기하다!' 이런 감탄사를 곁들였다.

그럴 때면 엄마는 마치 열일곱 소녀로 되돌아간 듯 애정이 듬뿍 담긴 눈빛으로 아빠를 바라보고 아빠의 미소 역시 꼭 열일곱 소년 같았다.

엄마 아빠의 분위기가 그쯤에 이르면 누나가 늙은 아줌마처럼 치맛자락에 흘린 감자칩 조각들을 털어내며 자리에서 일어났다.

"아휴, 따이리더, 여긴 우리가 낄 곳이 아니다. 일어나. 산책이나 가자."

난 누나와 함께 이곳저곳 돌아다니는 일이 무척이나 좋았다. 나를 데리고 공원에 간 누나는 잔디밭을 뚫어져라 쳐다보다가 재빨리 벌떡 일어나 몇 발짝 뛰어가더니 녹색 사마귀 한 마리를 붙잡았다.

내가 사마귀의 몸통을 꽉 움켜쥐자 누나가 말했다.

"그냥 놓아줘. 너무 불쌍하다."

정작 붙잡아온 사람은 누나였으면서!

우리는 스케이트장 가장자리의 난간에 비스듬히 기대섰다. 내리쬐는 햇볕이 제법 따사로운 날이었다. 누나가 고개를 돌리며 내게 물었다.

"어제 국어 받아쓰기 몇 점 받았어?"

나는 머리를 긁적이며 대답했다.

"70점."

"아주 잘했네. 70점이면 괜찮아. 일부분 빼고 대부분은 이해했다는 뜻이니까."

누나의 말에 난 얼른 고개를 끄덕였다.

"있잖아. 시험에서 항상 100점을 받고 늘 1등을 차지하는 것도 꽤나 힘든 일이야. 그럼 아무도 너랑 친구가 되려 하지 않거든."

누나가 내 머리를 토닥이며 말했다.

"그러니까 너는 1등 할 필요 없어. 그냥 보통이면 충분해."

다시 한 번 재빨리 고개를 끄덕이며 나는 기분이 몹시 좋아졌다. 왜냐하면 이미 알고 있었으니까. 평생 동안 내가 1등을 차지할 일은 없으리란 걸. 2등, 3등 역시 마찬가지였다. 하지만 보통이라면 가능했다.

누나의 말만으로도 내가 꽤 괜찮은 아이가 된 기분이 들었다.

"누나 생각엔 흰긴수염고래한테 친구가 있을 것 같아? 없을 것 같아?"

"그건 아무도 모르지. 어쩌면 걔는 친구가 필요 없을지도 몰라."

"그럼 누나는 친구가 없어?"

아무 생각 없이 묻자 누나가 대답했다.

"에휴, 아무렴 어때. 친구가 꼭 많을 필요는 없어. 진정한 친구 딱 한 명이면 충분하니까."

누나는 웃는 얼굴로 나를 가볍게 한 대 툭 치며 말했다.

"일어나. 우리 가서 무궁화 꽃이 피었습니다, 하자."

전부 다 누나 덕분이었다. 내가 스스로를 '작디작은' 존재가 아니라고 생각했던 건.

2. 안녕, 향유고래 소녀야

초등학교 졸업식에서 나는 '열심 봉사상'을 받았다. 엄마는 나를 향해 수없이 카메라 셔터를 눌렀지만 기술은 영 부족했던 것 같다. 인화된 사진 속의 나는 앞모습은 전혀 없고 죄다 뒷모습뿐이었다. 그날 서로의 손을 꼭 잡고 밝게 웃는 엄마 아빠는 나보다 훨씬 더 즐거워 보였다. 두 사람은 마치 여행 일정의 방문 코스 중 하나로 졸업식에 온 사람들 같았다.

고등학생이 되어 명문 여고에 진학한 누나는 학구파 샌님처럼 하루 종일 미간을 찌푸리고선 책만 들여다봤다. 엄마는 생각이 날 때마다 누나를 향해 외쳤다.

"따이리옌, 그러다 눈 나빠져."

그럴 때면 누나는 고개를 들어 나를 향해 씩 한 번 웃고는 대답했다.

"동생은 좀처럼 책을 읽지 않는데 어째서 안경을 썼을까? 반면 나는 이렇게 책을 많이 보는데도 불구하고 부엉이처럼 시력이 좋단 말이지. 세상은 정말 모순투성이 아니야?"

누나의 말을 들은 엄마는 이렇게 결론을 내렸다.

"따이리엔, 넌 너무 조숙하다니까."

"나라도 조숙하니 얼마나 다행이야. 엄마랑 아빠가 워낙 철이 늦게 들었잖아. 내가 이 집에서 균형을 맞추는 중이라고."

엄마는 누나의 이런 말에도 흥분하지 않았다. 엄마가 눈을 동그랗게 뜨고서 흥분했을 때는 오로지 아빠와 관련된 어떤 일이 생겼을 때뿐이었다. 누나와 나에게 엄마가 입버릇처럼 하는 말은 이 한마디였다.

"너희 맘대로 해."

졸업식이 끝나자 누나는 부모님에게 자신의 의견을 말했다.

"동생은 반드시 사립 중학교에 가야 돼. 안 그럼 나중에 고등학교 진학 못해."

놀랍게도 엄마는 순순히 대답했다.

"정말이니? 그럼 마음대로 해."

그렇게 '마음대로' 나는 누나와 함께 학교 등록을 하러 갔다.

누나는 나와 함께 걸으며 학교 가는 길을 알려주었다. 그리고 자신이 분석한 내용을 들려주었다.

"너는 성실하지만 수동적인 성격이라 공립학교에 가면 성적이 나쁠 게 뻔해. 하지만 사립학교에선 최소한 고교 입시를 대비해 총정리 정도는 해줄 거야. 3년만 견딘 다음 고등학교에 진학하면 돼."

'견뎌야만' 하는 학교라니. 너무 비참하지 않나? 고개를 푹 숙이자 안경이 코끝으로 미끄러져 내려왔다.

"걱정 마. 내 말은 사립학교가 진학률을 중시한다는 뜻이야. 물론 그래서 초등학교 때와는 좀 다르지. 피구니 세계 명곡이니 이런 것들은 좀 지루하겠지만 나머진 그럭저럭 괜찮아. 선생님은 학생들을 잡아먹는 사람이 아니야. 교장 선생님 역시 학생들을 때리지도 않고."

누나가 내 머리를 쓰다듬었지만 난 도저히 웃을 기분이 아니었다. 나는 고개를 들고 누나에게 물었다.

"만약 고등학교에 못 가면 어떡해?"

"괜찮아."

누나는 미소를 지었지만 그다음에 어떻게 되는지는 대답하지 않았다. 어쩌면 누나도 모르지 않았을까. 누나에게 그런 문제는 애초부터 문제가 아니었을 테니.

우리가 교실 안으로 들어서자 키가 작고 살집이 통통한 남자 선생님이 이상하다는 듯 누나를 보며 물었다.

"학부모이신가요?"

"죄송합니다. 부모님께서 지금 미국에 계신 관계로 못 오셨어요. 강의해달라는 초청을 받아서 여름휴가에 미국으로 떠나셨거든요."

누나의 말이 먹혔는지 남자 선생님의 말투가 살짝 누그러졌다.

"그랬구나. 일단 앉아라. 등록 서류는 금방 나올 거야."

누나는 나를 향해 한쪽 눈을 찡긋하며 말했다.

"수업 끝나면 아까 왔던 길 그대로 다시 집에 돌아가면 돼. 혹시 무슨 일 생기면 전화하고. 누나가 데리러 갈게."

나는 고개를 끄덕이며 스스로를 진정시켰다.

'이미 초등학교도 졸업했잖아. 갓 입학했을 때처럼 긴장해서 오줌 싸는 일 따위는 벌어지지 않을 거야.'

사실 부모님은 미국이 아니라 무슨 전시회를 보러 간다며 이미 타이베이로 떠난 뒤였다. 습관처럼 나에 대한 모든 일을 누나가 처리하도록 내버려둔 채 말이다.

자리에 앉아 주위를 둘러보았다. 사람들로 꽉 찬 교실 안은 매우 시끌벅적했다. 선생님은 끊임없이 학생들을 향해 여기 앉아라, 저기 앉아라, 지시를 내렸고 학부모들과 인사를 나누며 이런

저런 질문에 답하느라 정신이 없었다. 나는 두 번째 줄에서 네 번째 자리였는데 앞자리는 비어 있었고 옆에 앉은 남자애는 사전을 뒤적이는 중이었다.

'아, 좀, 첫날부터 뭘 저렇게 열심히야. 너도 참 딱하다.'

본인의 사전을 뚫어져라 쳐다보는 시선을 느꼈는지 그 남자애가 갑자기 내게 말을 걸어왔다.

"너도 볼래? 이거 졸업식 때 받은 상품이야. 엄청 따분한 영중사전이지."

나랑 그 남자애는 동시에 웃음을 터뜨렸다.

바로 그때 한 여자애가 교실로 들어와 첫 번째 줄을 지나쳐 두 번째 줄을 따라 걸어오더니 내 앞자리에 앉았다.

그 뒷모습을 보며 나는 생각했다.

'이 여자애 정말 예쁘다.'

교실 안은 어느새 빈자리 없이 꽉 찬 상태였다. 남자 선생님이 교단에 올라 가느다란 지휘봉으로 칠판을 가볍게 치며 말했다.

"모두 주목. 롱펑 중학교 입학을 환영한다. 나는 너희들의 담임인 장 선생님이다. 내가 달리 내세울 건 없지만 포기를 모르는 남자인지라 앞으로 우리 반에서는 단 한 명의 낙오자도 용납하지 않겠다."

나는 그만 웃음을 터뜨리고 말았는데 곧바로 분위기가 심상치 않음을 눈치챘다. 웃음소리를 낸 사람은 오직 나뿐이었다.

앞자리의 여자애가 내 쪽으로 몸을 약간 틀었다.

집으로 돌아오자 누나가 대뜸 물었다.

"시험 안 본대?"

내가 고개를 가로저었더니 누나는 이렇게 말했다.

"이틀 뒤에 기초 학력 검사가 있을 거야. 과목은 분명 국어랑 수학일 테고."

이 세상 일이라면 뭐든 다 아는 누나를 두었다는 사실이 과연 다행일까? 불행일까? 정말 모를 일이었다. 하지만 나에겐 그런 일에 신경 쓸 겨를이 없었다. 나는 앞자리의 그 여학생을 생각해야만 했으니까.

그 아이의 이름은 몹시 독특했다. 장칭. 선생님이 장칭을 부르자 그 아이가 오른손을 들었는데 손이 어찌나 새하얗던지 꼭 엄마가 명품샵에서 사온 도자기처럼 보였다. 목소리도 정말 듣기 좋았다. 뭐라 설명할 순 없지만 어쨌든 딱 그렇게 예쁜 여자아이의 입에서 나올 법한 섬세하면서도 부드러운 음성이었다.

쉬는 시간에는 장칭이 갑자기 뒤쪽으로 몸을 살짝 돌렸는데, 나는 장칭이 말을 거는 줄 알고 너무 긴장해서 숨도 쉬지 못했다. 하지만 잠깐 뒤쪽을 보더니 이내 다시 고개를 돌려버렸다.

그날 하루 종일 나는 장칭의 머리카락만 바라보았다.

누나는 내 책상에서 5학년과 6학년 교과서를 꺼내주며 잘 복습해두라고 말했다.

아니나 다를까 이틀 뒤부터 내 삶은 온갖 시험의 연속이었다. 한 단원이 끝날 때마다 선생님들은 기습 쪽지 시험을 봤다. 언제나처럼 중간쯤의 성적을 받아오는 내게 누나는 이렇게 말했다.

"동생아, 넌 지극히 정상이야. 적응도 잘했고 성적도 여전히 같은 수준을 유지하니까."

나는 어깨를 으쓱해 보이며 대답했다.

"누나도 마찬가지야. 언제나 1등이잖아."

바로 어제 '영어 말하기 대회 1등 상장'을 받아온 누나였다.

장칭과 누나는 여러모로 정말 닮았다. 시험만 봤다 하면 항상 100점인 것도 말이다. 이 학교 선생님들은 시험지를 나누어줄 때마다 점수가 가장 높은 학생의 이름을 부르는 희한한 습관이 있었는데, 그 이름의 주인공은 언제나 장칭이었다. 이름이 불리고 매번 자리에서 일어설 때면 장칭의 의자가 뒤로 밀리면서 내 책상과 맞닿았다. 나는 소리가 나지 않도록 비뚤어진 책상을 살짝 옮겨 장칭의 의자가 내 책상과 딱 맞게 밀착되도록 만들었다.

만점짜리 시험지를 받아들고서도 장칭의 표정엔 아무런 변화가 없었다.

장칭은 말 그대로 완벽한 부류에 속하는 여학생이었다. 예쁘고, 공부도 잘하고, 심지어 걸음걸이마저도 아름다웠다. 나는 확신했다. 이런 부류의 인간은 하느님이 한창 젊었던 시절 그러니까 30대 즈음 무지 공을 들여 빚었을 거라고 말이다. 반대로 나는 그보다 훨씬 후기의 작품임이 분명했다. 누나 말에 따르면 갱년기엔 정신이 오락가락 한다니까.

갱년기의 또 다른 예로 누나는 이런 말도 했었다.

"아빠가 요즘 딱 갱년기의 위기잖아. 엄마가 아빠 기분을 잘 맞춰주니까 그나마 다행이지."

물론 누나의 말이 무슨 뜻인지 나는 잘 이해하지 못했다. 누나는 아빠가 엄마한테 너무 의존적인 데다 엄마 역시 아빠를 너무 위해주기만 해서 큰일이라고 했다.

"따이리더, 너는 나중에 어른이 되면 여자한테 잘해줘야 해."

아이고, 이건 또 무슨 말이람?

우리 반에 궈핀종이란 남자애는 그야말로 모든 걸 다가진 애였다. 입학한 지 얼마 되지 않아 핸드볼 팀에 뽑혔는데 나중에는 주장 자리까지 꿰찼다. 비록 선수들은 전부 7학년이었지만 말이다(8학년과 9학년은 입시 준비로 바쁘니까) 큰 키에 얼굴도 잘생긴데다 공부까지 잘하니, 이런 조건을 두루 갖춘 궈핀종을 모든 여학생이 흠모하는 건 당연했다.

기초 학력 검사 결과가 발표되고 반에서 1등은 여전히 장칭이었다. 담임선생님은 장칭이 전교에서 3등을 차지했다며 이런 말을 덧붙였다.

"모두들 장칭을 본받도록 해. 시골에서 왔지만 너희들보다 이렇게 성적이 뛰어나잖아. 아마 3년 뒤에는 틀림없이 원하는 고등학교에 진학할 거야."

나는 조용히 장칭의 의자를 발로 톡톡 건드린 다음 앞으로 몸을 살짝 숙여 말했다.

"축하해."

장칭은 아무런 반응도 없었다.

하지만 나는 처음으로 장칭의 가정 배경에 대해 알게 되었다. 선생님 말대로 시골에서 통학을 한다면 매일 차를 타고 학교에 온다는 말인데, 그럼 아침마다 엄청 일찍 일어난다는 거였다.

장칭은 정말 대단했다.

수업을 마치고 나는 장칭의 어깨를 톡톡 치며 말을 걸었다.

"야, 장칭, 너 정말 대단하다. 전교 3등이라니. 만약 고래로 치면 너는 분명 '향유고래'일 거야."

처음엔 나를 째려보던 장칭이 결국엔 미소를 지었다.

향유고래는 역사상 가장 큰 뇌를 가진 동물이었다.

미소를 지을 때면 장칭은 꼭 어린아이 같았다. 하지만 반대로 웃지 않을 때의 장칭은 누나랑 비슷하다는 뜻이기도 했다. 마치 묵직한 사발을 들고 아무 말 없이 탁발을 다니는 나이 든 승려 같은 분위기라고나 할까.

1등 하는 사람들은 전부 다 그런가? 누나에게 묻자 이런 대답이 돌아왔다.

"사람마다 느끼는 스트레스는 제각각이야. 하지만 나는 네가 말한 장칭이란 아이의 심정을 알 것 같아. 시골에서 왔으니 이런 생각을 하겠지. 남들보다 훨씬 더 뛰어나야 한다고 말이야. 에휴, 정말 힘들겠다."

나는 아무 말 없이 손에 쥔 『해양생물도감』을 바라보았다. 거대한 뇌를 짊어진 채 헤엄쳐야 하는 향유고래는 다른 고래들보다 많이 힘들까?

장칭에게 잘해줘야겠다고 마음먹었다. 처음 본 순간부터 나는 장칭에게 끌렸다. 장칭이 나를 '라오따이'라고 불러줄 때면 기분이 한껏 좋아졌다.

장칭은 이따금 고개를 돌려 나와 잡담을 나누었는데, 나는 장칭의 그런 행동이 혹시나 교실 뒤쪽을 보려는 구실이 아닐까 짐작했다. 교실 뒤쪽은 궈즈(궈핀종의 별명)를 필두로 삼삼오오 모인 패거리들이 일부러 큰 소리를 내며 웃고 떠드는 장소였다. 의도적이든 아니든 아무튼 그런 식으로 고개를 돌리며 장칭은 그 기분 나쁜 녀석을 재빨리 훑을 수 있었다.

사실 나는 장칭에게 경고하고 싶었다.

'궈핀종 좋아하지 마. 갠 좋은 남자가 아니야. 말할 때 표정만 봐도 알 수 있어. 상대방에게 상처 줄 타입이라고.'

이런 얘길 한다면 장칭은 엄청 화를 낼 게 뻔했다. 하지만 진심으로 내 생각을 말해주고 싶었다.

'장칭, 나중에 내가 정말 끝내주는 남자를 알게 돼서 그 사람이 너랑 딱 어울린다는 생각이 들면, 그때 너한테 소개시켜 줄게. 그러니까 지금은 궈즈 같은 놈 좋아하지 마. 내 말 안 들으면 너 진짜 바보 천치야. 궈즈는 나중에 국가 대표 선수가 되고 싶댔어. 너랑 전혀 안 어울린다고!'

그렇지만 내가 할 수 있는 일이라곤 그저 눈을 빤히 뜨고서 진흙구덩이로 걸어가는 장칭의 모습을 바라보는 것뿐이었다. 걸음을 옮길 때마다 장칭의 발이 진흙으로 엉망이 되어가는데도 말이다.

1등 하는 여자애도 역시 잘생긴 남자가 좋은 걸까?

"라오따이, 내 모델 좀 해줄래?"

쉬는 시간에 장칭이 내 쪽으로 몸을 돌리며 이렇게 묻자 나는 순간 어리둥절해졌다.

"맙소사. 설마 누드모델이야?"

"바보 같은 소리 좀 하지 마."

내 유머 감각을 전혀 이해하지 못한 장칭이 매서운 눈초리로 째려보는 바람에 나는 장칭이 그림을 그리는 동안 그저 얌전히 앉아 있을 수밖에 없었다. 하지만 속으로는 얼마나 기뻤는지 모른다. 장칭이 나를 그려주다니. 저 그림은 두꺼운 판자 사이에 끼워서 자물쇠 달린 서랍에 넣어둬야지. 귀중한 소장품을 보관하듯이.

그때 옆자리의 왕밍숑이 끼어들었다.

"와, 장칭, 너 진짜 잘 그린다. 나도 한 장 그려주라."

그러자 장칭은 이렇게 쏘아붙였다.

"야, 네 얼굴 휴지통에 붙여 놓으면 바퀴벌레들도 깜짝 놀라겠다."

장칭이 완성된 그림을 내게 건네며 말했다.

"어때? 닮았어?"

인정하고 싶진 않았지만 장칭의 몸 안에는 분명 악마의 피가 몇 방울 섞여 있었다. 이게 어딜 봐서 나란 말인가!

윤곽선은 그럭저럭 비슷했지만 나머지는 정말 너무하다는 생각이 들었다. 대충 그려 삐죽삐죽 튀어나온 머리카락은 아무렇게나 헝클어진 데다 코는 들창코였고 안경은 마치 만화에 나오는 사악한 악당이 쓸 법한 모양새였다.

하지만 그럼에도 불구하고 나는 그 그림을 잘 펼쳐서 아래쪽 모서리에 장칭의 사인을 받았다.

장칭은 마치 유명 연예인처럼 흘림체로 얼렁뚱땅 사인을 해주고는 내게 물었다.

"핸드볼 팀은 아침 몇 시에 연습하러 나와?"

아아, 이 말 한마디에 내 기분은 완전 엉망이 되고 말았다. 더 이상 참지 못하고 나는 용기를 내서 장칭에게 이렇게 물었다.

"장칭, 너도 궈즈 좋아하지?"

장칭은 매우 당황한 기색이 역력했고 나는 마지막 남은 용기를 더욱 쥐어짜내 한마디를 덧붙였다.

"여자들이 죄다 핸드볼 팀 주장에게 정신이 팔렸다니. 정말 가엽다, 가여워."

장칭의 낯빛은 순식간에 차가워졌고 말투 역시 냉랭해졌다.

"아무도 너한테 관심이 없으니 가여운 사람은 바로 너지."

나는 곧바로 대답을 하지 못했고 한참이 지나 겨우 한마디를 내뱉었다.

"나는 딱 한 사람이면 충분해."

그런 다음 책가방을 집어 들고 재빨리 교실에서 빠져나왔다.

저 멀리 산꼭대기에 비스듬히 걸린 석양이 집으로 돌아가는 길을 비춰주고 있었다. 나는 가방에서 장칭의 그림을 꺼내들었다. 그림을 보면 볼수록 기분이 점점 더 복잡해졌다. 내가 무슨 자격으로 장칭의 일에 간섭을 하지? 나는 장칭의 감정에 끼어들 아무런 이유기 없잖아? 누군가를 좋아하는 감정은 강요할 수 없는 건데.

장칭과 궈즈가 제법 잘 어울리는 건 엄연한 사실이었다. 둘 다 전형적인 훈남훈녀니까. 만약 궈즈 역시 장칭을 좋아한다면 두 사람은 분명 모두가 부러워할 만한 커플이 되겠지.

하지만 항상 다른 아이들을 비웃고 조롱하길 일삼는 궈즈가 과연 장칭을 잘 대해줄까? 칫, 만약 장칭한테 잘못하기만 해봐…….

집에 도착한 나는 울적한 기분으로 거실에 들어섰다.

누나는 아직 돌아오지 않았고 탁자 위에 놓인 메모 한 장이 눈에 들어왔다.

'아빠랑 강연 들으러 간다. 누나 돌아오면 같이 나가서 저녁 사 먹으렴. 엄마가.'

문득 누나가 했던 말이 떠올라 웃음이 터지고 말았다.

"아빠는 엄마의 큰아들이야."

누나는 몹시 심각한 톤으로 이런 말도 했었다.

"우리 엄마 아빠 같은 부모는 절대 아이를 낳아선 안 돼. 오로지 학술 연구니 뭐니 이런 데만 몰두할 뿐이잖아. 두 사람은 본인들의 하루하루가 그저 행복하고 즐거우면 그만이라니까."

심지어 나한테만 몰래 이런 고백도 했었다. 누나는 평생 결혼하지 않을 작정이라고 말이다. 정말 지긋지긋하다나.

"야, 너는 어릴 때부터 내가 키운 거나 다름없다고. 그 짓을 또 하고 싶진 않아."

나는 엄청 놀란 표정으로 누나를 쳐다보며 말했다.

"선생님이 그랬는데, 부모님을 흉보면 안 된댔어."

"흉을 본 게 아니라 있는 그대로를 말했을 뿐이야. 너랑 나랑 하마터면 노숙자가 될 뻔했는데 그 신세를 면한 건 다 조상님 은덕이라고."

엄마는 나를 사랑할까? 엄마는 아빠를 사랑하는 사람이었다. 반면 아빠가 이번에 사랑에 빠진 대상은 자미두수(중국 도교에서 시작된 일종의 점성술-옮긴이)였다.

집에 돌아온 누나에게 장칭의 그림을 꺼내 보여주자 누나는 너무 심하게 웃다가 콜록거리며 기침까지 했다.

"이거 무슨 범죄자 몽타주 같잖아!"

하지만 잠시 후 이성을 되찾은 누나는 이렇게 나를 위로했다.

"동생아, 네 외모는 꽤 괜찮은 편이야. 나는 네 양쪽 뺨의 깊은 보조개가 특히 마음에 들어. 천진난만해 보이거든. 이 그림은 그냥 장난으로 그린 것 같지만, 그래도 윤곽선을 포착하는 능력만큼은 보통 솜씨가 아니네."

누나는 갑자기 말을 멈추더니 나를 빤히 바라보다 물었다.

"그런데 말이야. 장칭이 왜 네 초상화를 그려줬을까? 걔가 너 좋아하나?"

"무슨 말도 안 되는 소리야! 나도 몰라. 장칭이 왜 그랬는지."

"따이리더, 모든 조건이 월등히 뛰어난 여학생은 때론 오히려 더 외로운 법이야. 네가 그 아이의 진짜 친구가 돼서 잘 대해줘."

도대체 누나가 무슨 말을 하는 걸까, 장칭이 나처럼 존재감 없는 애랑 진짜 친구가 된다고? 어림없는 소리였다. 나는 솔직히 누나에게 털어놓았다. 장칭은 핸드볼 팀 주장을 좋아한다고.

"그래?"

조명을 받아 순간 황금빛으로 뒤덮인 누나의 얼굴이 약간은 지쳐 보였고 또 약간은 걱정거리가 있는 것처럼 보였다. 어쩌면 이미 피곤해서 더 이상 장칭 얘기는 하고 싶지 않은지도 몰랐다.

누나는 방으로 들어가면서 다시 한 번 나에게 말했다.

"여자한테 매너 있게 굴어, 혹등고래 신사."

언제였는지 내가 누나에게 대왕고래 같다는 이야기를 한 뒤부터 누나는 늘 나를 혹등고래라고 불렀다. 엄마는 이렇게 반박했다.

“대왕고래는 몸집이 그토록 거대한데, 누나는 아니잖니.”

엄마는 알 리가 없었다. 이건 누나와 나만의 비밀이었으니까. 나한테 이 세상에서 가장 큰 의미를 지닌 사람은 바로 누나였다. 그리고 누나 역시 알고 있었다. 바닷 속을 유유히 헤엄치는 혹등 고래의 자유로움과 몇 백 킬로미터 밖에서도 들리는 고래의 노랫 소리를 내가 얼마나 동경하는지.

누나 말이 맞았다. 엄마는 누나와 나를 낳지 말았어야 했다. 그리고 우리를 낳은 이상, 마땅히 우리를 좀 더 이해해야만 했다.

다음 날, 학교로 걸어가며 나는 이런저런 생각들을 했다.

‘장칭이 매일 아침 차를 타고 학교까지 오려면 시간이 얼마나 걸릴까? 장칭의 집은 여기서 얼마나 멀까? 장칭의 아빠는 선생님일까 아니면 공무원일까? 혹시 농사를 지으시나?’

왠지 그건 아닐 것 같았다. 장칭의 고상하고 세련된 분위기와는 영 어울리지 않으니까. 아, 맞다. 전에 장칭은 자기 엄마가 엄청 미인이라는 말을 했었다.

어제 나를 능욕한 일이 내심 켕겼는지 오늘 나를 대하는 장칭의 태도는 친절하고 상냥하기 그지없었다. 탄산음료를 권하는가 하면 어제 그림은 완전 졸작이었다며 다음에 다시 그려주겠다는 말도 했다.

나는 자못 심각한 목소리로 장칭에게 물었다

"무슨 계략이라도 세우는 중이야? 내 초상화를 또 그려서 이번엔 악귀 쫓는 데 쓰려고?"

그러자 장칭은 엄청 과장된 웃음을 터뜨리며 내 어깨를 한 대 툭 쳤다.

순간 나는 생각했다. 장칭이 매일같이 나를 이렇게 대해주면 좋겠다고. 난 장칭의 웃는 모습이 좋았다.

점심을 먹은 뒤 화장실에 갔는데 왕밍숑이 곁으로 슥 다가오더니 귀에 대고 낮은 목소리로 속삭였다.

"좋은 구경거리가 생겼어."

왕밍숑이 나를 후문 복도 쪽으로 데려가자 벽에 붙은 편지와 함께 그림 한 장이 눈에 들어왔다. 많은 남학생들이 그 앞에 모여 편지의 내용을 소리 내서 읽는 중이었다.

자세히 들여다보자 그 그림은 바로 궈즈의 초상화 소묘였다. 정말 섬세하고 정교할 뿐만 아니라 몹시 사실적인 스케치였다. 그리고 옆에 붙은 편지는 분명 장칭의 글씨였다.

이게 뭐야! 장칭…….

"쟤들이 그러는데, 누군가 저 그림하고 편지를 궈즈의 책상 서랍에 몰래 두고 갔대. 이름은 없지만 글씨를 보자마자 장칭인 줄 알았겠지. 저거 봐! 궈즈는 너무 웃겨서 지금 숨이 넘어갈 지경이야."

그 순간, 거대한 돌덩이에 얻어맞은 나는 저 깊은 곳으로 추락하고 말았다. 상처를 입은 상태로 어기적어기적 교실로 돌아오자 고개를 숙이고 태연한 모습으로 도시락을 맛있게 먹는 장칭의 모습이 보였다.

앞자리의 의자를 발로 툭툭 건드리자 장칭이 미소 띤 얼굴로 돌아보며 물었다.

"무슨 일이야?"

입술을 오므린 채 어떻게 말을 꺼내야 하나 고민하던 나는 문득 누나의 말을 떠올렸다. '혹등고래 신사.' 그래서 작은 목소리로 장칭을 향해 물었다.

"정말 네가 쓴 거 맞아?"

장칭은 입을 꼭 다물더니 굳은 표정으로 나를 쳐다보았다. 무슨 일이 벌어졌는지 아직 모르고 있음이 분명했다.

나는 용기를 내어 다시 한마디 덧붙였다.

"지금 교실 밖 복도에 붙어 있어. 네 편지 그리고 그림까지 전부 다."

당장이라도 폭풍우가 몰아칠 듯 그 예쁜 얼굴이 순식간에 어두워졌다. 아랫입술을 꽉 깨문 장칭의 낯빛은 창백했다. 지금 이 순간이 어쩌면 장칭에겐 세상의 종말 아닐까?

나는 자리에서 벌떡 일어섰다.

"나쁜 새끼들! 당장 가서 찢어버리겠어."

세상엔 어째서 이런 인간이 존재하는 걸까? 누군가를 잔인하게 단칼로 베어버리고는 상대방이 피 흘리는 모습을 냉담한 눈빛으로 지켜보는 그런 인간 말이다. 울지 마, 장칭. 내가 가서 떼어버릴게. 나는 궈즈의 초상화 그리는 것도 도와줬잖아. 못할 게 뭐 있어?

나는 그림과 편지를 떼어내 꾸깃꾸깃 뭉친 다음 교실로 가지고 왔다. 그리고 궈핀종을 향해 종이 뭉치를 거세게 집어 던졌다.

깜짝 놀란 반 아이들 전부가 숨을 죽이고 이 광경을 지켜보았다. 하지만 뜻밖에도 그 자식은 아주 태연하게 종이 뭉치를 집어서 다시 펼쳐들었다. 그리고는 삐딱한 눈길로 그림을 보며 이렇게 말했다.

"나를 너무 뚱뚱하게 그렸어."

교실 안에선 일제히 폭소가 터져 나왔다.

바로 그때 턱을 꼿꼿이 치켜든 장칭이 궈즈의 곁으로 다가갔다. 그리고 편지와 종이를 낚아채 갈기갈기 찢어서 허공으로 흩뿌렸다. 아무런 표정도 없는 얼굴로. 낱낱이 흩어진 종잇조각들이 궈즈의 책상 위로, 바닥으로, 심지어 궈즈의 어깨와 다리 위로 떨어져 내렸다.

그런 다음 장칭은 교실 밖으로 나가버렸다.

이 일을 누나에게 이야기하자 누나는 나를 빤히 보며 이렇게 말했다.

"따이리더, 너 정말 대단하다."

3. 범고래들은 신경 쓰지 마

궈즈 같은 인간은 사람들이 항상 오냐오냐해줘서 버릇이 없다. 제발 누군가 궈즈한테 똑바로 가르쳐주면 안 될까? 타인에 대한 존중은 당연한 일이라는 사실을.

나는 누나와 함께 그 일에 대해 여러 차례 이야기를 나눴다. 누나는 장칭이 엄청난 상처를 받았을 거라며 어쩌면 장칭이 무슨 일을 벌일지도 모르겠다는 말까지 했다. 비열하고 졸렬한 궈핀종은 장칭에게 사과를 해야 마땅했다. 하지만 내가 어떻게 손을 쓸 수 있을까?

"동생아, 네가 먼저 선전포고를 해. 팔씨름 하자고. 그쪽이 지면 가서 사과하라고 말이야."

누나는 눈동자를 이리저리 굴리며 자신만만한 포즈를 지어보였다.

"농담하지 마. 궈즈는 핸드볼 팀 주장이라고. 내가 전에 말했잖아."

"그게 뭐? 핸드볼 팀 주장인지 찐따 팀 주장인지 알 게 뭐야."

누나는 내게 치밀한 계획을 짜주었고 나는 그 계획에 따라 다음 날 쪽지 한 장을 써서 궈즈의 책상에 올려두었다.

'수업 마치고 사당 앞 광장으로 나올 것. 일대일, 반드시 혼자 오도록.'

누나의 말에 따르면 이런 인간은 '격장법'(남을 자극하여 도발하게 하거나 화나게 하는 방법-옮긴이)이 제격이었다.

사실 나는 속으로 엄청 떨었다. 궈즈와 나를 놓고 본다면 분명 내 쪽이 열세였다. 내 키는 궈즈의 어깨에 겨우 닿을락말락한 정도였고 성적마저도 궈즈가 우세했다. 하지만 나에겐 힘이 있었다. 나를 앞으로 이끄는 그 어떤 힘이. 그날 교실을 나서던 장칭의 애처로운 표정을 나는 절대로 잊지 못했다.

그 뒤로 며칠 동안 장칭은 마치 커다란 바위처럼 침묵했다. 하루 종일 자신의 책상에만 콕 처박혀 있는 장칭에게 아무도 감히 말을 걸지 않았다. 몇 번이나 장칭을 위로하려 했지만 내 입에서 나올 모든 말들이 쓸데없는 소리일 게 뻔하다는 생각이 들어 그냥 입을 다물었다.

저토록 깊은 상처는 얼마나 겹겹이 약을 발라야 치유가 될까? 상처를 단단히 꿰매고 난 다음 끔찍한 흉터가 조금씩 옅어질 만큼의 시간을 기다려야만 겨우 회복되겠지.

뉘엿뉘엿 해가 질 무렵 나는 사당 앞을 서성이며 생각했다.

'과연 누나의 방법이 제대로 먹힐까?'

저 멀리서 귀즈가 책가방을 흔들며 다가왔다. 좋아, 혼자서 처리하는 거야.

"뭐 잘못 먹었냐? 난 너한테 아무 감정 없는데."

귀즈가 먼저 입을 열었다.

"널 좋아하는 여자한테 공개적으로 그런 망신 주는 게 남자가 할 짓이냐?"

"뭐야. 너 장칭 좋아해?"

화가 머리끝까지 치밀어 주먹을 한 방 날릴 뻔했지만 나는 이를 악물며 대꾸했다.

"이건 좋아하고 말고의 문제가 아니야. 장칭이 얼마나 힘들어 하는 줄 알기나 하냐고!"

그러자 귀핀종은 아무 말 없이 돌로 만든 벤치에 앉더니 사당 안쪽의 향불에서 천천히 피어오르는 연기를 응시했다. 회색 옷을 입은 노부인이 불상 앞에 무릎을 꿇고서 중얼중얼 기도를 드리는 중이었다.

신이 세상 모든 사람들을 하나도 빠짐없이 돌봐준다면 얼마나 좋을까?

궈즈가 한숨을 내쉬며 낮은 목소리로 말했다.

"그래서 뭐 어쩌라고?"

"간단해. 네가 장칭한테 사과하면 돼."

그리고 이렇게 덧붙였다.

"물론 장칭은 절대 네 사과를 받아주지 않겠지만."

궈즈는 눈썹을 치켜 올리며 쏘아붙였다.

"너랑 무슨 상관인데? 도대체 네가 뭔데 이래라 저래라 난리야?"

바로 지금이 누나의 방법을 써먹을 순간이었다.

"그럼 이렇게 해. 나랑 팔씨름해서 네가 지면 장칭한테 사과해."

내 말에 궈즈는 풉, 하고 웃음을 터뜨리더니 정말 밉살스러운 표정으로 나를 쳐다보았다.

"나랑 팔씨름을 하자고? 네가?"

"허튼 소리 그만하고 얼른 덤벼."

나는 궈즈의 맞은편에 앉으며 돌로 만든 차가운 탁자 위에 팔꿈치를 올려놓았다.

어둠이 조금씩 짙어지는 시각이었다. 머리 위에서 윙윙대는 모기 떼가 마치 시합을 구경하러 몰려든 관중 같았다. 나는 자리에 앉은 다음 오른쪽 발을 귀즈 앞쪽으로 살짝 옮겼다.

“그렇게 덤비고 싶다면 기꺼이 상대해줄게.”

호의라곤 요만큼도 느껴지지 않는 미소를 지으며 가슴팍을 곧게 편 귀즈가 나를 향해 오른손을 내밀었다. 우리는 어깨가 엇갈린 상태로 서로를 노려보았다.

“지면 나한테 크게 한턱 쏴라.”

귀즈는 손가락 관절을 뚝뚝 꺾으며 소리를 내더니 벌써 나를 이겼다는 투로 말했다.

나는 아무런 대꾸도 하지 않고 탁자 밑에서 오른발을 조금 앞으로 내밀었다.

“준비됐지? 하나, 둘, 셋, 시작!”

귀즈가 자신의 손가락에 힘을 꽉 주며 소리치고는 내 손을 반대쪽으로 힘껏 넘겼다. 죽을힘을 다해 버텨봤지만 역부족이었다. 나는 천천히 오른발을 들어올렸다.

별거 아니라는 듯 의기양양한 귀즈의 모습이 정말로 역겨웠다.

“아야!”

귀즈가 잠깐 틈을 보인 사이, 나는 귀즈의 손을 탁자 위로 납작하게 눌러 넘겼다.

"내가 이겼어."

궈즈는 씩씩대며 자리에서 벌떡 일어섰다.

"반칙이잖아! 발을 차면 어떡해?"

"발을 차면 안 된다는 규정은 없었잖아."

누나가 알려준 전략을 떠올리며 나는 하마터면 웃음을 터뜨릴 뻔했다.

궈즈는 냉랭한 얼굴로 다시 자리에 앉아 이렇게 말했다.

"비겁하잖아. 방금은 무효야. 다시 해."

나는 콧방귀를 뀌며 대꾸했다.

"비겁하다고? 과연 너한테 그런 말을 할 자격이 있을까?"

궈즈는 미간을 찌푸린 얼굴로 나를 빤히 바라보았다. 한참을 그러고 있던 궈즈는 갑자기 고개를 숙이고 가방 속에서 꾸깃꾸깃한 종이 한 장을 끄집어내더니 나를 향해 들이밀었다.

그건 장칭이 그린 궈즈의 초상화였다. 나는 여전히 기억했다. 그림 속의 섬세하고 부드러웠던 연필선을, 한 가닥 한 가닥 휘날리던 궈즈의 머리카락과 반짝이던 두 눈을. 이 그림을 위해 장칭은 얼마나 많은 시간과 노력을 쏟아 부었을까? 도대체 어떤 마음으로 이 그림을 그렸을까? 적어도 그림을 그리는 동안만큼은 장칭의 얼굴에 살포시 미소가 떠올랐겠지? 장칭이 그린 궈즈의 모습은 정말로 훌륭했다.

종잇조각이 되어버린 그림을 궈즈가 테이프로 다시 이어 붙여 놓았지만, 갈가리 찢겨졌던 그날의 흔적만큼은 결코 감춰지지 않았다.

아무 말 없이 그림을 바라보던 내 마음 속에선 질투와 슬픔의 감정이 뒤섞였다. 이 그림을 위해 장칭은 분명 하룻밤을 꼬박 새웠겠지. 맞다. 그러고 보니 편지도 있었잖아. 나는 사나운 표정으로 궈핀종을 노려보았다.

“내 생각에도 사과를 하는 게 맞아.”

궈즈가 작은 목소리로 말하고는 서둘러 덧붙였다.

“사실 그날 내 친구들이 놀려대는 소리가 영 달갑지 않았어. 체면이 말이 아니잖아. 장칭과의 관계를 분명히 해두지 않으면 다른 애들이 나를 학교에서 여자애들한테 수작이나 거는 헤픈 놈으로 볼 수도 있으니까.”

아직도 이따위 말을 지껄이다니. 본인이 잠자코 입을 다물었다면 누가 그 사실을 안다고?

더 이상 궈즈와 이야기를 할 기분이 아니었던 나는 가방을 둘러메며 자리에서 일어섰다.

“야, 내가 장칭한테 사과 편지를 쓰면 어떨까?”

나는 아무 말 없이 그저 어깨만 으쓱해 보였다.

“혹시 장칭이 복수하진 않겠지? 이를테면 내 사과 편지를 공개

한다든가 말이야."

확실히 쥐즈의 목소리에서 당황한 기색이 느껴졌다.

"그럼 너무 쪽팔리잖아."

나는 냉랭하게 한마디를 내뱉었다.

"맘대로 해."

그러곤 뒤도 돌아보지 않고 자리를 떴다.

누나 말이 맞았다. 쥐즈는 핸드볼 팀 주장은커녕 찐따 팀 주장이 분명했다. 저 자식의 머릿속엔 오직 자신의 체면만이 중요할 뿐, 다른 사람을 존중하는 마음 따윈 요만큼도 없었다. 나는 쥐즈가 몹시 경멸스러웠다.

가슴을 곧게 펴고 목을 꼿꼿이 세운 채, 나는 봉건시대의 용감한 영웅마냥 개선가를 울리며 귀환했다. 성적이 뭐 그리 대수라고. 키 크고 몸집 좋으면 다야? 쥐새끼 같은 쥐즈는 정의감이라곤 없는 소인배인 데다 약한 사람을 무시하는 찌질이에 지나지 않았다.

나는 미소 띤 얼굴로 집에 돌아왔다. 마치 혹등고래가 된 기분이었다. 바다에서 맞닥뜨린 가장 거칠고 높은 파도를 훌쩍 뛰어넘은 혹등고래.

며칠 뒤 쉬는 시간에 장칭이 운동장으로 나를 불러내더니 편지 한 통을 주며 이렇게 말했다.

"궈핀종이 쓴 사과 편지야. 부탁인데 네가 발신자한테 다시 돌려줘."

장칭의 얼굴은 평온했고 기뻐하는 기색이라곤 전혀 보이지 않았다. 나는 양손을 주머니에 찔러 넣은 채 주먹을 꽉 쥐며 생각했다. '마침내 그 소인배가 자신의 잘못을 깨우쳤군.' 하지만 장칭은 두 번 다시 그날의 일을 떠올리고 싶어 하지 않는 눈치였다.

그래서 어쩔 수 없이 화제를 다른 쪽으로 돌렸다.

"너 이번 웅변대회 참가한다면서, 준비는 잘 돼가?"

장칭은 여러 가지 대회에 이리저리 불려 다니기 일쑤였다. 심지어 지난번엔 '걸스카우트 매듭법 대회'에도 참가했었다. 성적이 좋은 장칭에겐 그런 일들이 공부에 별 영향을 주지 않으니 말이다. 종종 트로피나 상장까지 받아오는 걸 보면 장칭은 진짜 대단했다.

웅변대회 역시 장칭에겐 별 문제가 아닐 터였다. 장칭의 목소리는 진짜로 듣기 좋았으니까. 웅변대회 얘기를 하다가 나는 까먹고 있었던 아주 중요한 일이 퍼뜩 떠올라 얼른 주머니를 뒤졌다. 그리고 작은 종이봉투 하나를 꺼내 장칭에게 건넸다.

나는 장칭이 웅변대회에 참가한다는 이야기를 들은 뒤부터 누나에게 비법을 알려달라고 졸랐다. 비법 처방이란 다름 아닌 빨간색 나비넥타이였는데 누나는 매번 대회에 참가할 때마다 목에 그 넥타이를 맸다. 누나 말에 따르면 용모는 채점에서 적지 않은 부분을 차지했고 작은 넥타이 하나만으로도 고상하고 우아한 분위기뿐만 아니라 자신감 있는 모습까지 연출할 수 있었다. 그래서 나는 그 빨간색 나비넥타이를 장칭에게 주면 안 되겠느냐고 누나를 졸랐다.

넥타이를 어떻게 매는지 시범을 보여 달라고 하자 누나는 웃음을 터뜨리며 말했다.

"다른 사람 대회에 네가 왜 그렇게 긴장을 하니? 너 꼭 장칭의 보모 같다."

나는 종이봉투에 포장한 넥타이를 주머니에 며칠째 넣고 다니며 장칭에게 전해줄 기회를 엿보는 중이었다. 전에는 수업을 마치면 이따금 나한테 함께 집에 가자는 말을 했었지만 요즘 들어 장칭은 늘 혼자였다. 그 누구와도 어울리지 않는 모습이 마치 한 마리 고독한 늑대 같았다. 장칭은 상처를 입은 상태였다.

나는 가볍게 한숨을 내쉬었다.

"이게 뭐야?"

장칭이 종이봉투를 열어보며 묻자 행운의 넥타이라고 설명해 주었다.

장칭의 반응은 예상과 달랐다.

"무슨 어릿광대도 아니고. 웅변대회가 나비넥타이에 좌우되진 않아."

나는 장칭에게 재차 강조하며 이렇게 말했다. 누나는 매번 대회에 참가할 때마다 그 넥타이를 맸고 언제나 1등을 차지했다고. 그러자 장칭이 호기심 어린 목소리로 물었다.

"너희 누나 예뻐?"

한 번도 생각해본 적 없는 문제였다. 물론 누나의 외모는 꽤 괜찮았지만 장칭과 비교하기엔 살짝 부족했다. 어쩌면 내가 워낙 편파적인 나머지 주변의 모든 여자들 가운데 아름답다는 말을 들을 자격을 갖춘 사람은 오직 장칭뿐이라고 생각하는지도 몰랐다.

나는 장칭을 위해 기도했다. 부디 대회에서 좋은 결과를 얻게 해달라고. 어쩌면 이번 대회를 계기로 장칭의 기분이 조금은 나아질지도 그리고 궈핀종의 일을 떨쳐버리게 될지도 모른다.

나는 빨간 넥타이를 다시 주머니에 집어넣으며 장칭을 향해 격려의 미소를 보냈다.

장칭도 빙긋이 웃으며 발아래의 잡초를 슬쩍 발로 걷어찼다. 햇살이 장칭의 머리카락에 내려앉자 정수리가 동그란 모양으로 빛났다. 장칭에겐 저렇게 천사처럼 웃을 일만 있어야 했다. 영원히, 언제까지나.

"그만 들어가야겠다. 웅변 원고 외워야 해서."

장칭은 나를 향해 손을 흔들고는 교실을 향해 걸어갔다. 지금 장칭은 대회에 집중하느라 궈즈의 일엔 별 신경을 쓰지 않는 것처럼 보였다. 나는 진심으로 바랐다. 장칭이 누나처럼 아무 일도 없었다는 듯 '1등' 상장을 받아오길.

그렇지만, 만에 하나 상을 받지 못하면 어떡하지?

나는 고개를 저으며 생각했다. 절대 그럴 리 없어.

웅변대회 당일, 전교생은 모두 강당으로 모이라는 학생주임 선생님의 목소리가 방송을 타고 울려퍼졌다. 뒤이어 각별히 질서를 잘 지키라는 경고가 이어졌는데 이번 대회는 전 과정이 녹화될 뿐만 아니라 교육부 장관까지 참석하는 자리였기 때문이다.

만약 고위 관료가 오지 않았더라면 우리는 분명 교실에 남아 시험지나 푸는 신세일 게 뻔했다.

객석에 앉은 나는 무대 위의 참가자들만큼이나 긴장한 상태였다. 부디 장칭이 쉬운 주제를 뽑길 바랐다. 장칭의 차례가 되었을 때 마이크에 잡음이 없길 바랐고, 무대 위의 양탄자 때문에 장칭이 자빠지지 않길 바랐다. 그리고 무대 아래의 관중이 졸거나 기침을 하거나 재채기 따위도 하지 않길 바랐다.

1번 참가자, 목소리가 너무 작음. 2번 참가자, 너무 왜소함. 3번 참가자, 얄밉게도 빨간 나비넥타이를 매고 나옴. 하지만 장칭만큼 예쁘지도 않고 발음도 또렷하지 않음. 냉혹한 심판처럼 나는 모든 참가자에게 낮디낮은 점수를 매겼다.

마침내 차례가 된 장칭이 단상으로 올라오자 나는 너무 긴장돼서 아예 눈을 질끈 감아버리고 싶은 심정이었다.

꼿꼿한 자세로 단상에 선 장칭은 자신감이 넘쳐 보였고 얼굴엔 엷은 미소까지 띄고 있었다.

장칭이 입을 열었다.

"여러 심사위원 선생님……."

정말 완벽했다. 날카롭지도 그렇다고 묵직하게 가라앉지도 않은 음성이었다. 나는 생각했다. 혹등고래의 노랫소리가 바로 이렇지 않을까. 맞아. 너무 요란하지도 너무 가냘프지도 않은 바로 이런 소리일 거야. 장칭, 힘내.

"오늘 제가 발표할 주제는 '효도의 중요성을 논하시오'입니다."

얼마 전 작문 수업에서 다뤘던 주제 같았다. 한참을 끙끙거리다가 '효가 모든 선행 중 첫 번째다'라는 문장을 생각해내곤 이것저것 그러모아 한 페이지를 작성했던 기억이 났다. 하, 출제자는 좀 더 흥미로운 주제를 생각해낼 순 없었나? 예를 들면 '초콜릿의 중요성을 논하시오'라든가 '게임의 중요성을 논하시오' 같은 주제 말이다. 혹은 '고래의 위대함을 논하시오'도 괜찮고.

장칭은 낭랑한 목소리로 말을 이어갔다.

"사실, 웅변대회나 심지어 작문대회 혹은 서예대회에서도 이러한 주제는 다룰 필요가 없다고 생각합니다……."

그러고는 잠시 멈추더니 결연한 눈빛으로 단상 아래쪽을 바라보았다.

장칭, 도대체 무슨 소리를 할 작정이야?

나는 장칭의 또렷한 한마디 한마디를 듣기 위해 몸을 일으켜 앞쪽으로 살짝 기울였다.

"네, 그렇습니다. 이러한 주제가 등장한다는 것 자체가 참으로 애석한 일이기 때문입니다……."

바로 그때, 갑자기 단상 아래의 학생주임이 진행자의 마이크를 낚아채더니 큰 소리로 외쳤다.

"그만! 장칭 학생, 거기까지."

단상 위의 장칭은 나무 인형처럼 굳은 채 그 자리에 우두커니 서 있었다.

"방금 그게 무슨 소리냐? 반항이라도 할 셈이냐?"

학생주임은 녹화를 중단하라며 소리를 질렀고 뒤이어 나타난 담임선생님이 장칭을 데리고 단상에서 내려갔다.

고개를 숙이고 담임선생님의 따라가는 장칭의 모습이 보였다. 두 사람은 이내 교실 쪽으로 사라졌다.

도대체 무슨 일이지? 바보가 아닌 이상 장칭이 일부러 말도 안 되는 이야기를 할 리가 없었다. 분명 장칭만의 논리가 존재했을 텐데. 학생주임은 왜 장칭의 이야기를 끝까지 듣지 않았을까? 뒤에 이어질 내용에는 장칭의 합당한 해석이 등장했을지도 모르는데.

다음 참가자가 단상 위로 올라왔지만 나는 다른 사람의 이야기를 들을 기분이 전혀 아니었다. 어서 빨리 교실로 돌아가고 싶었다. 장칭, 괜찮니? 넌 아무 잘못 없어. 걱정하지 마.

교실로 돌아오니 장칭은 고개를 처박고서 노트에 무언가를 적는 중이었다. 자리에 앉아 의자를 살며시 톡톡 찼지만 장칭은 돌아보지 않았다. 하지만 난 알았다, 장칭이 울지 않았음을.

장칭은 자신의 글을 담임선생님에게 제출했고 내용을 읽어본 선생님은 고개를 끄덕이며 이렇게 말했다.

"이 원고는 학생부에 전달해야겠다. 그래야 너한테도 공평하지."

나는 후, 하고 숨을 내쉬었다. 그럼 그렇지. 장칭의 억울함을 나는 애초부터 알고 있었다. 그 바보 같은 학생주임은 도대체 왜 장칭의 말을 잘라버렸을까?

세상엔 마치 킬러 고래(범고래는 바다의 최상위 포식자로, 상어와 돌고래 그리고 다른 종류의 고래도 잡아먹는다. 그래서 범고래를 '킬러 고래'라고 부르기도 한다.-옮긴이)와 같은 사람들이 존재했다. 그들은 흉폭하고 무자비한 데다 뭐든 닥치는 대로 먹어치우기 때문에 일단 그 앞에서 사냥감

신세가 되면 절대로 도망칠 수 없었다. 이런 사람들은 잡아먹힌다는 기분이 어떤 것인지 결코 알지 못했다. 천적이 없는 킬러, 놀랍도록 어마어마한 식욕을 지닌 범고래처럼 말이다. 범고래는 심지어 흰긴수염고래와 향유고래마저도 공격했다.

그 이유가 단지 타고난 공격성 때문일까?

장칭, 그런 범고래들은 상관하지 마. 귀핀종이나 학생주임 같은 무법자들은 신경 쓸 필요가 없어.

하지만 담임선생님의 말을 듣고도 장칭은 고개를 가로저으며 무표정한 얼굴로 다시 자리에 앉았다.

장칭의 아무 표정 없는 얼굴은 사실 갖가지 표정을 의미했다. 얼굴에서 표정이 사라질 때면 장칭의 마음속에선 온갖 격렬한 감정이 뒤섞여 흔들리고 있음이 분명했다. 그리고 수천 마디의 말들이 그 안에서 고함을 지르고 있었다. 오늘은 무슨 수를 써서라도 반드시 장칭과 이야기를 나눠야만 했다.

수업이 끝나자 나는 누나에게 책을 사다 주기로 했다는 핑계를 대며 장칭에게 함께 가자고 말을 걸었다. 장칭은 옅은 미소를 지으며 고개를 끄덕이더니 어깨에 가방을 비스듬히 둘러맸다.

우리는 종화루와 종산루를 지나 부아이루의 서점까지 곧장 걸어갔다. 나는 주머니에서 빨간 나비넥타이를 꺼내며 장칭에게 말했다.

“내가 뭐랬어. 이 행운의 넥타이를 매고 나갔어야지.”

장칭은 넥타이를 받아들며 웃었다.

“라오따이, 넌 미신을 너무 믿어.”

이런 말을 한다는 건 장칭이 괜찮아졌다는 뜻이었다.

갑자기 장칭이 이렇게 물었다.

“그러고 보니 나는 네가 어디 사는지도 모르네?”

“밍더루 12번지야. 공원 바로 옆. 공원을 지나면 대학이 나오고.”

내가 미처 말을 끝내기도 전에 장칭이 책가방에서 종이 한 장을 꺼내더니 서점 앞에 주차된 오토바이 좌석 위에 펼쳐놓았다.

“우리 집은 이쪽 끝이야. 지도 밖이지. 여기서 계속 북쪽 방향으로 가야 해.”

장칭은 큼지막한 지도 위에서 손짓을 하며 말했다.

“너희 집은 어디야? 넌 어디 살아?”

가까이 다가가서 보니 맙소사. 빽빽하게 들어찬 온갖 선과 네모들이 정말 복잡하기 이를 데가 없었다. 요리조리 아무리 살펴봐도 그 지도 위에서 우리 집을 찾아내기란 무리였다.

장칭이 고개를 들어 하늘을 바라보며 말했다.

“지도는 나를 세상 어디로든 데려다줄 수 있어.”

정말 그럴까? 아닌 것 같았다. 난 장칭을 향해 이렇게 대답했다.

"만약 어디론가 떠나고 싶다면 난 굳이 지도를 들고 가진 않을 것 같은데."

장칭, 어디로 가고 싶은 거니? 나는 장칭의 눈빛 속에서 그 방향을 읽어냈다. 그곳은 아주 아주 아주 머나먼, 킬러 고래가 없는 평화로운 바다였다. 하지만 장칭, 달랑 지도 한 장이 너를 어디로 데려다줄 수 있겠니? 그렇게 급히 또 어디로 떠나고 싶은 건데?

내가 알기론 장칭의 아빠는 목수였고 엄마는 예쁜 안주인이었다. 큰고모가 장칭네 가족과 함께 살았고 가구점 일은 진사부라는 아저씨가 도왔다. 집엔 넓은 정원이 있고 대문을 나서면 길가에 죽 늘어선 망고나무가 보인다고 했다. 태풍이 지나가면 대문 밖에서 떨어진 망고를 줍는다는 말도 했었다.

소박하고 안락한, 아주 화목한 가정이란 느낌이 들었다.

"넌 이 세상이 얼마나 넓다고 생각해?"

갑자기 장칭이 물었다.

"모르지. 그건 아직 수업 시간에 안 배웠잖아. 하지만 누나 말로는 이 세상 말고 또 다른 세계가 존재한대. 게다가 우주에는 엄청난 숫자의 태양계도 있고. 난 전혀 상상이 안 돼."

그러자 장칭이 눈을 가늘게 뜨며 말했다.

"미국이란 나라는 도대체 얼마나 크지? 여기서 얼마나 멀까?"

난 가만히 고개를 가로저었다.

"가자. 세계지도를 사야겠어."

장칭은 빠른 걸음으로 서점 2층에 올라가 세계지도 한 장을 골랐다. 난 장칭의 행동이 도무지 이해가 되질 않았다. 세계 일주라도 할 셈인가? 장칭과 함께 계단을 내려오며 생각했다. 이 향유고래의 머릿속에는 과연 어떤 비밀이 들어 있을까? 장칭은 어째서 이토록 지도를 좋아할까?

하지만 난 더 이상 바랄 게 없었다. 이렇게 바보처럼 장칭이 가는 곳을 따라다닌 것만으로도 이미 충분했으니까.

4. 외뿔고래야, 따뜻한 바다를 누벼줘

장칭이 그토록 지도를 좋아하다니. 그럼 몇 장 선물로 주어야겠다. 내가 기억하기론 아빠의 서랍 맨 아래 칸에는 먼지를 잔뜩 뒤집어쓴 채 다발로 돌돌 말려 있는 지도 묶음이 엄청나게 많았다. 어쩌면 아빠조차 그런 물건들이 거기 존재한다는 사실을 잊어버렸을지도 모른다. 나는 장칭에게 줄 지도를 함께 골라달라고 누나에게 부탁할 작정이었다. 이왕이면 아주 멋진 것으로 몇 장 선물하고 싶었다.

난 성큼성큼 바쁜 걸음으로 집에 도착했다.

현관문을 열었는데 엄마가 주방에서 요리하는 소리가 들리지 않았다. 오늘 저녁도 누나랑 내가 알아서 챙겨 먹어야 하는 날임이 분명했다. 엄마는 요즘 들어 걸핏하면 아빠와 함께 외출을 했다. 사방을 돌아다니며 무슨 선생님인지 대가인지 그런 사람들을 찾아다니느라 바빴다. 나는 자미두수(중국의 도교에서 시작된 점술-옮긴이)가 뭔지 당최 몰랐지만 엄마는 지혜로운 하늘의 이치라고 딱 잘라 말했다.

누나는 전부터 이런 엄마 아빠를 못마땅하게 여겼다.

"공자가 그랬어. '불어괴력난신'(이성적으로 설명하기 어려운 불가사의한 존재나 현상을 이르는 말-옮긴이)이라고. 엄마 아빠처럼 많이 배운 분들이 나라의 미래를 위해 일해야지. 무슨 별자리 따위에 시간을 낭비하냐고. 정말 쓸데없어."

그러자 엄마가 발끈했다.

"네가 뭘 안다고 그러니? 아빠한테 얘기해야겠다. 설명 좀 해 주라고 말이야. 그럼 너도 분명 그 이치를 이해하게 될 테니까."

"됐어. 나 내일 모의고사야."

누나는 고개를 절레절레 흔들며 나에게도 2층으로 올라가 복습이나 하라고 말했다.

엄마는 아빠가 심취한 일이라면 뭐든 함께 열중했다. 나 역시 엄마가 좀 맹목적인 데다 아빠의 말을 너무 잘 들어준다는 생각이 점점 들기 시작했다.

아마도 엄마가 아빠를 몹시 사랑하기 때문이겠지. 그런데 누군가를 사랑한다고 해서 꼭 자기 자신마저 버려야만 하나? 사랑은 사랑이고, 그와는 별개로 상대방에게 이런 지적을 해줄 수는 없는 걸까? '이건 잘못됐어요.'라고 말이다.

불을 켜자 적막했던 거실에 조금씩 온기가 돌았고 탁자 위의 메모 한 장이 눈에 들어왔다.

'엄마랑 아빠는 린 박사님 댁에 갔다가 열 시쯤 돌아올 거야. 저녁은 알아서 챙겨 먹으렴. 엄마가.'

린 박사라는 사람은 컴퓨터로 자미두수를 분석했는데 아빠는 요즘 거기에 광적으로 심취해 있었다. 어제 저녁엔 린 박사님에게 물어보겠다며 우리 식구들의 생년월일시를 종이에 죄다 적어갔다.

누나는 나한테만 들리도록 작은 목소리로 말했다.

"아빠한테 생년월일시를 가짜로 알려주고 싶다. 진 박사란 사람이 내 운명을 도대체 어떻게 풀이할지 말이야."

누나는 점쟁이들을 절대로 믿지 않는 사람이었다. 별자리니, 혈액형이니, 사주팔자니, 전부 다 속임수라며 나중에 책을 많이 읽으면 나도 그것들의 허점에 대해 바로 알게 될 거라고 말해주었다.

"하지만 엄마 아빠도 책을 많이 읽잖아."

내 말에 누나는 잠시 생각을 하곤 대답했다.

"엄마 아빠는 가장 중요한 책을 빠뜨려서 그래."

난 누나가 정말 신기한 사람이라고 생각했다. 누나가 말을 할 때면 마치 모든 일을 자신의 손바닥 위에서 꿰뚫어 보는 늙은 무당처럼 느껴졌다. 나는 이런 누나가 평생토록 곁에 있어주길 간절히 바랐다. 만약 선생님이 '무인도에서 같이 살 사람을 단 한 명만 고른다면 당신은 누구를 선택하겠습니까?' 이런 문제를 낸다면 분명 내 선택은 엄마나 아빠가 아닌 누나였다. 만약 한 명 더 가능하다면 그건 장칭일 테고.

이미 여덟 시가 넘은 시간이었지만 누나는 돌아오지 않았고 나는 배가 너무 고파 속이 쓰릴 지경이었다. 웬만해선 일곱 시를 넘기는 법이 거의 없었는데 좀 이상했다. 도대체 누나는 어딜 갔지?

냉장고에서 우유를 꺼내 한 잔 따라 마셨다.

바로 그때 갑자기 전화벨이 울렸고 나는 순간적으로 이런 생각을 했다. 제발, 혼자 나가서 국수나 사먹으라는 누나의 전화가 아니길. 식당은 대개 누나와 함께 가는 편이었다. 나는 식당에 가면 항상 쭈뼛거렸지만 누나는 능숙하게 맛있는 요리를 주문했다.

"여보세요. 따이 선생님 되시나요?"

낯선 목소리였고 주변은 몹시 소란스러웠다.

살짝 당황한 나는 뭐라고 대답을 해야 할지 몰랐다. 그래서 잠깐 생각을 하다가 사실대로 이렇게 말했다.

"아빠는 집에 안 계세요."

"빨리 아빠한테 연락 좀 해줄래? 따이리옌이란 여고생이 교통 사고를 당해서 지금 부아이 병원에 있다고."

전화를 끊고 뒤돌아서다가 나는 탁자 위에 놓인 우유병을 엎고 말았다.

꿈에서조차 단 한 번도 생각해본 적 없는 일이 우리 집에 벌어지다니. 이런 일은 드라마에서나 등장하는 줄 알았다. 나는 무작정 부아이 병원으로 향했고 연락을 받은 부모님 역시 허겁지겁 그곳으로 달려왔다. 엄마는 내내 울면서 주먹으로 아빠를 퍽퍽 내리쳤다.

"그렇게 점은 보러 다녀서 뭐한다고! 우리 딸 다리나 다시 되돌려 놓으란 말이야. 내가 당신을 따라 나서는 게 아니었어. 원래는 오늘 리옌이랑 구두 사러 가기로 약속했었다고!"

아빠는 등을 쓰다듬으며 엄마를 진정시켰다. 엄마는 목이 쉬어 마른기침을 뱉어낼 정도로 심하게 울었고 그렇게 울면서 연신 고개를 흔드느라 머리카락은 마치 건초더미처럼 흐트러지고 말았다. 어둑한 병원의 불빛 아래서 그런 엄마의 모습은 한층 더 초췌해보였다.

나는 멍하니 한쪽에 앉아 있었다. 주치의 선생님의 설명에 따르면 트럭에 순간적으로 심하게 들이받힌 누나는 오른쪽 다리뼈가 으스러졌고 종아리를 절단해야만 했다. 그나마 다행히 왼쪽 다리는 회복이 가능하다고 했다.

머릿속이 새하얘졌다. 이런 말도 안 되는 일이 누나한테 일어날 리 없었다. 누나는 길을 걸을 때면 매우 조심하는 사람이었다. 걸을 땐 한쪽으로 붙으라고, 그래야만 뒤쪽 방향에서 오는 차와 충돌을 피할 수 있다고 가르쳐준 사람이 바로 누나였다. 해질 무렵에 집으로 돌아올 때는 다른 사람들이 쉽게 알아보도록 반드시 하얀색 모자를 쓰라고 주의를 준 사람도 누나였다. 시동이 걸린 차 옆으로는 절대 가까이 가지 말라는 말도 누나가 했었다. 운전자가 엑셀 페달을 잘못 밟을 수도 있다며…….

누나, 어떡해?

앞으로 누나에겐 날쌘 두 다리가 없어. 이젠 나랑 공원에도 못 가고, 폴짝폴짝 뛰어다니며 사마귀도 못 잡아. 그리고 빨간색 나비넥타이를 매고 웅변대회에도 못 나가.

갑자기 장칭이 떠올랐다. 별안간 너무나 간절히 장칭에게 말하고 싶었다. 우리 누나는 진짜 대단한 사람이야. 너도 분명 누나를 좋아하게 될 거야! 너랑 누나는 정말 똑같거든. 총명하고, 예쁘니까.

아니다. 이젠 똑같지가 않구나.

창가로 다가가 건물 아래쪽을 내려다보았다. 환한 가로등 불빛 사이로 차들의 행렬이 끊임없이 이어졌다. 사람들은 저마다 행복하다는 듯 걸었고, 뛰었고, 웃었고, 분주했다.

누나가 행복하지 않다면 나 역시 행복할 수 없었다.

아빠는 잠이라도 좀 자두라며 고집스레 나와 엄마를 집으로 데리고 돌아왔다. 그런 다음 간단한 옷가지와 물건들을 챙기고는 엄마에게 이렇게 말했다.

"따이리더는 당신한테 부탁할게. 딸은 전적으로 내가 책임질 테니까. 명심해. 다시는 애 앞에서 울지 마. 지금은 아무 도움도 안 돼. 내일 아이가 학교에서 돌아오면 밥 먹이고 함께 병원으로 와."

그토록 슬픈 아빠의 표정은 태어나서 처음 보았다. 하지만 아빠는 차분했다. 엄마는 침대에 누워 베개로 얼굴을 가린 채 나지막이 흐느꼈다. 아빠는 다시 차를 몰고 병원으로 떠났다.

나는 욕실로 가서 수건을 물에 적셔 꽉 비틀어 짠 다음 엄마에게 가져다주었다. 엄마는 몸을 일으켜 나를 꽉 껴안더니 슬픔에 잠긴 목소리로 말했다.

"하늘이 나한테 벌을 주나 봐. 내가 엄마 노릇을 제대로 하지 않아서."

"엄마, 그런 말 하지 마. 드라마 좀 그만 보고."

엄마는 고개를 들어 수건으로 얼굴을 닦으며 말했다.

"넌 정말로 네 누나랑 닮았어."

선생님이나 친구들에게 이 엄청난 재앙을 알리고 싶지 않았다. 말을 한들 무슨 소용이 있을까? 난 직감적으로 알았다. 아무 상관없는 사람들의 동정을 누나가 결코 원하지 않으리란 것을.

몇 번쯤, 장칭에게는 넌지시 이 사실을 말하고 싶었다. 하지만 요즘 장칭은 내내 침울한 표정이었고 엄청 걱정이 많은 사람처럼 여간해선 입을 열지 않았다. 나는 침을 꿀꺽 삼키며 모든 고민을 마음속으로 꾸역꾸역 다시 밀어 넣었다.

그렇지만 내가 가장 고통스러웠고, 가장 무기력했던 바로 그 순간, 나는 장칭을 떠올리고 있었다.

누나의 병실 문 앞에서 나는 극도로 긴장했다. 누나를 보자마자 울음이 터질까 봐 두려웠지만 참아야만 했다. 누나에게 눈물을 보여선 안 되니까. 지금 상황에서 가장 불필요한 건 바로 눈물이었다.

엄마가 내 어깨를 꽉 끌어안았다. 엄마의 체중이 고스란히 내 몸에 실렸고 우리는 그렇게 비틀거리는 발걸음으로 병실 문을 열고 들어갔다.

고개를 숙인 아빠가 침대 위의 누나에게 무언가를 설명하는 중이었다.

누나의 발은 깁스를 한 상태였고 오른손 역시 마찬가지였다. 얼굴은 그나마 온전했는데 이마의 상처에만 거즈가 살짝 덮여 있었다. 뜻밖에도 누나는 나를 바라보며 살짝 미소를 지었다.

내가 곁으로 다가가 손을 잡자 누나가 말했다.

"꽉 잡아도 돼. 마취가 아직 다 안 풀려서 아무 감각도 없어."

누나의 창백한 얼굴은 아주 차분해 보였다. 아니면 너무 지친 나머지 그렇게 보이는 걸까?

"누나……."

"아무 말 안 해도 괜찮아."

엄마가 뒤돌아서며 흘러내리는 눈물을 닦자 아빠가 엄마를 감싸 안아 침대 옆 긴 의자에 앉혔다.

누나가 힘없는 목소리로 말했다.

"난 정말 선량한 시민이었다고. 함부로 침을 뱉지도 않았고 신호를 위반한 적도 없어. 노약자나 임산부에게 자리도 양보했고 국가가 연주되면 그 자리에 똑바로 서 있었어. 그런데 차에 치여서 다리가 잘렸지."

괜찮다는 듯 누나는 웃음을 지어 보이려 안간힘을 썼다.

"그러고 보면 하느님도 가끔은 농땡이를 피우나 봐."

아빠가 한숨을 푹 내쉬며 말했다.

"리옌, 그런 말 하지 마."

그렇지만 누나는 나를 보며 계속해서 말을 이어갔다.

"난 견뎌낼 수 있어. 실패는 원래 인생의 한 부분이야."

"누나 진짜 용감하다."

내가 생각해낸 말은 고작 이게 전부였다.

"내가 한 말이 아니라 책에서 봤어. 지금 사용하게 될 줄은 몰랐지만."

그러자 아빠가 누나의 볼을 어루만지며 말했다.

"따이리옌, 아빠랑 엄마가 맹세할게. 너희 남매는 앞으로 영원히 우리가 잘 보살피겠다고 말이야. 아빠 말이 이상하게 들릴지도 몰라. 소 잃고 외양간 고치는 격이니까. 뒤늦은 후회로 아빠 엄마가 개과천선 했다고 생각해도 무리는 아니야."

누나는 옅은 미소를 지으며 대답했다.

"그게 딱 내가 하고 싶었던 말인데."

누나가 퇴원하는 날, 나는 학교에 결석계를 내고 누나의 휠체어를 밀었다.

아빠는 누나의 휴학을 결정했고 아빠 학교의 대학원생에게 가정교사를 맡아줄 것을 부탁했다. 누나는 매일 가정교사와 함께 고등학교 과정을 공부했고 아빠 계획에 따르면 재활이 어느 정도 끝난 다음 미국으로 가서 대학 공부를 이어갈 예정이었다. 아빠는 미국에 사는 작은 고모를 통해 적당한 학교까지 이미 물색해

둔 상태였다.

아빠의 책임감과 결정들이 우리 집을 움직이기 시작했고 엄마는 누나에 대한 모든 일을 전담했다. 우리에게 소홀했던 시간들을 보상이라도 하려는 듯 엄마는 매일 저녁 퇴근하자마자 집으로 돌아와 주방에서 온갖 재료들을 지지고 볶아 상다리가 휘어지도록 잔칫상을 차려냈다.

"엄마, 너무 오버하지 마."

보다 못한 누나가 이렇게 말해도 엄마는 아랑곳하지 않았다.

"신경 꺼. 요리가 얼마나 재미있는데."

엄마는 심지어 누나에게 옷을 떠주겠다며 뜨개질까지 시작했다.

어느 날 다 함께 저녁을 먹는 자리에서 누나가 아주 정중하고 엄숙한 태도로 입을 열었다.

"엄마 아빠, 이런 식은 옳지 않아. 원래의 삶을 완전히 뒤바꾸는 건 부자연스러운 일이야. 계속 이러면 나도 이상하고 불편해."

그러자 엄마가 고개를 끄덕이며 대답했다.

"그래, 알겠어. 그럼 뜨개질은 그만둘게. 코바늘에 손가락이 찔려서 얼마나 아팠는지 몰라. 게다가 실도 잘못 사왔더라고."

엄마 말에 아빠는 입안의 국물을 뿜어낼 정도로 껄껄대며 웃었고 나는 절레절레 고개만 가로저었다. 누나도 함께 웃었다. 잠시 뒤 엄마가 손에 든 밥그릇을 젓가락으로 툭툭 두드리며 말했다.

"내가 참 특이한 자식을 둘이나 낳았어."

세상에. 밥그릇을 두드리는 건 외할머니가 세상에서 가장 경멸하는 행동이었다. 거지들이나 그렇게 한다면서 말이다. 내 생각엔 특이한 자식은 특이한 엄마 밑에서 나오지 않을까 싶었다.

다시 찾은 누나의 유쾌한 웃음. 그것이 나에겐 가장 기쁜 일이었다.

누나는 내게 카메라를 주면서 공원의 목면화(木棉花)를 찍어 달라고 부탁했다. 잎이 전부 떨어지고 가지마다 배드민턴 셔틀콕처럼 생긴 오렌지색 꽃들이 송이송이 피어나는 계절이었다. 나는 누나에게 최고로 아름다운 장면을 선사하기 위해 하늘에 대고 열심히 셔터를 눌렀다. 하지만 실력은 턱없이 부족했고 잘 나온 사진 역시 단 한 장도 건지지 못했다.

침울한 표정으로 실패한 작품들을 보여주자 누나는 큰 소리로 웃음을 터뜨리며 나를 위로했다.

"괜찮아. 다시 한 번 찍어봐. 연습할수록 실력도 늘어날 테니까."

반드시 사진 찍는 법을 열심히 배우겠노라 다짐했다. 과거에는 누나가 내 손을 꼭 잡고서 한 걸음 한 걸음씩 발걸음을 떼며 이 세상을 가르쳐주었다. 이제는 내가 세상을 카메라에 담아 누나에게 가져다줄 차례였다.

매일 수업이 끝나고 집으로 돌아오면 누나 방에 먼저 들러 학교에서 일어났던 온갖 일들을 미주알고주알 전부 얘기했다. 대부분은 물론 장칭에 대한 이야기였다.

"누나, 장칭이 오늘 하루 종일 한마디도 하지 않았어."

"누나, 장칭이 글쎄 수학 시험에서 80점을 받았다니까."

"누나, 장칭이 요즘은 도통 고개를 돌리지도 않고 나한테 말도 걸지 않아."

평소처럼 내 이야기를 듣던 누나가 어느 날은 불쑥 이렇게 물었다.

"장칭한테 무슨 고민거리가 생겼나?"

누나의 물음에 나는 고개를 저으며 대답했다.

"응, 그런 것 같아. 하지만 설사 고민이 생겼다 해도 장칭은 절대 말 안 해."

누나는 다리 위에 펼쳐놓았던 교과서를 덮으면서 아주 진지한 표정으로 나를 쳐다보았다.

"동생아, 너한테 한 가지 부탁할게. 어쩌면 네 동정심을 이용해서 너를 압박한다고 생각할지도 몰라. 충분히 그럴 수 있어. 하지만 그건 중요하지 않아."

웃음이 터질 뻔했다. 마치 거드름을 피우는 노부인 같은 누나의 예전 모습이 다시 돌아왔기 때문이었다.

"잘 들어. 지난번 네 모의고사 성적을 보니 정말 큰일 났더라. 괜찮은 수준의 고등학교에 들어가려면 반에서 5등 안에는 들어야 해."

아, 이런, 누나가 내 성적표를 관리한다는 사실을 잠시 잊고 있었다.

"이제부터 너를 좀 압박해야겠어. 최선을 다해 5등 안에 들어. 단계적으로 해도 괜찮아. 처음엔 10등, 그 다음은 7등, 마지막엔 5등, 이런 식으로."

그러고는 내 뺨을 손가락으로 꼬집으며 말했다.

"자, 이 누나한테 보조개 좀 보여줘. 그런 다음 히어로 영화의 주인공처럼 주먹을 꽉 쥐고서 소리쳐 봐. '반드시 해낼 거야!'라고."

난 하는 수 없이 대답했다.

"알겠어! 최선을 다할게."

누나는 한마디를 덧붙였다.

"가끔은 드라마 속 인생이 오히려 더 진짜 같은 법이야."

그 뒤로 누나는 자신의 경험을 내게 전수해주었다.

"정말 이해가 안 되는 수학 문제는 푸는 법을 외워버린 다음 비슷한 문제를 여러 번 연습해봐."

그러고는 자신이 마치 수학의 대가인 양 부연 설명을 했다.

"아예 답을 외우는 것도 문제를 푸는 하나의 방법이지. 더 이상 방법이 없다면 말이야."

누나의 관리 감독은 다른 과목까지 계속됐다. 일단 요점을 먼저 외우고 그것들을 통합한 다음 필기 노트에 외워서 정리해두면 나중에 복습할 때 노트만 보면 된다는 식이었다.

"예를 들어 지리 과목은 먼저 각 챕터의 지도를 머릿속에 외우고, 다시 그려서……."

누나 말이 다 끝나기도 전에 아주 중요한 일이 내 머릿속에서 퍼뜩 떠올랐다.

"맞다. 아빠 서재에 오래된 지도 엄청 많잖아. 장칭한테 선물할 지도 좀 누나가 골라주면 안 돼? 장칭은 지도를 정말 사랑해."

"뭐?"

누나는 몹시 흥미롭다는 표정으로 물었다.

"지도를 좋아하는 소녀라고? 꼭 무슨 심리학자의 연구 주제 같다. 내일 린 오빠한테 물어봐야겠네."

린 형은 아빠 연구소의 대학원생으로 누나의 가정교사였다.

"선물할 생각이라면 나한테 훨씬 좋은 방법이 있는데."

누나가 잠시 생각을 하고는 말을 이어갔다.

"네가 직접 지도를 그려서 선물해봐."

난 즉각 누나의 의견에 반대 의사를 표시했다.

"불가능해. 지도 그리는 건 너무 어렵잖아. 여기 교과서에 나오는 지도만 해도 경도며 위도, 산골짜기, 하천까지 얼마나 끔찍해?"

"누가 교과서 지도를 베끼래? 상상 속 지도를 그려주라고."

누나는 활짝 핀 목면화처럼 화사하게 웃었다.

"그러니까 예를 들어 어딘가에 고래 모양의 섬이 존재한다고 쳐. 네가 그 섬에 산과 강을 직접 만들어 넣고 배열하는 거야. 그리고 가상의 도로도 만들어서……."

듣고 보니 그럴듯했다. 고래 섬이라니!

"누나 정말 창의적인데."

내 말에 누나는 가볍게 한숨을 내쉬었다.

"에휴, 이제 나한테 남은 거라곤 창의적인 생각뿐이다."

누나는 교과서로 내 머리를 톡톡 치며 말했다.

"지도는 공부 다 하고 나서 그려라. 완성되면 누나한테 먼저 보여주고."

상상 속 지도의 설계를 완성하기까지는 꼬박 한 달이나 걸렸다. 두 번째 중간고사가 코앞이라 공부에 신경을 써야 했기 때문이다. 지난번 시험에서 8등이었던 나는 이번엔 꼭 5등을 차지해서 누나를 기쁘게 해주고 싶었다. 그렇게만 된다면 누나보다 내가 더 기쁠 것 같았다. 그리고 요즘 들어 내가 그렇게 심한 바보 천치는 아니라는 생각이 들었다. 어떤 일이든 올바른 방법을 통해 나에게 가장 적합한 전략을 찾아낸다면 결국엔 목표를 달성할 수 있었다. 아마도 1등은 불가능하겠지만 5등이라면 가능할지도 몰랐다.

며칠 전 장칭이 고개를 돌리며 내게 이런 말을 했다.

"수학 과목이 점점 어려워지는 것 같아."

장칭에게 나의 '무조건 달달 외우기' 비법을 전수해주고 싶었지만 생각해보니 말하지 않는 편이 나을 듯했다. 장칭은 분명 눈을 동그랗게 뜨고 이렇게 말할 테니까.

'수학을 외운다고? 맙소사.'

나는 필사적으로 시험 준비를 했다. 시험 직전 며칠 동안은 밤마다 엄마에게 복습을 도와달라고 부탁했다. 엄마는 나를 테스트하면서 동시에 이런 불평을 했다

"어휴, 교육제도를 개혁해야 한다니까. 어린애들이 이런 고생 안 하도록 말이야."

그러자 서재에서 아빠의 목소리가 들려왔다.

"동감이야. 당신이 총통 선거에 나가면 되겠네. 내가 지지해줄게."

시험이 끝나자마자 나는 서둘러 서점으로 달려가 아주 비싼 종이를 샀다. 그리고 수채화에 필요한 도구들을 준비한 다음 방에 처박혀 지도를 그리기 시작했다.

혹등고래를 닮은 섬. 이 섬 주위를 마치 꿀처럼 달콤한 맛이 날 법한 짙은 갈색의 '벌꿀바다'가 에워싼다. 섬 중앙엔 목면화와 아카시아가 심어진 '몽상의 산'이 자리를 자리하고, 산 정상은 석양을 감상하기 딱 좋은 높이다. 몽상의 산 오른쪽은 '청록색과 적갈색 도시'로, '바람이 노래하고 꽃이 춤을 추는 분지'가 도시를 둘러싼 형태다. 이 도시의 사람들은 청색과 녹색 그리고 적갈색을 사용해 옥상을 장식한다. 섬의 가장 남쪽으로 가면 해변으로 곧장 연결된 '초저녁 하늘길'이 나오고, 해변을 따라 길게 펼쳐진 모래사장엔 수많은 조개껍데기가 숨어 있다. 매년 이 섬에서 가장 중요한 행사는 '고래감상절'로, 이날이 되면 섬의 모든 사람들이 해변으로 나와 흰긴수염고래, 혹등고래, 향유고래가 수면 위로 날아오르는 광경을 구경한다. 고래가 일으킨 물보라가 사방으로 튀어 옷이 흠뻑 젖어도 사람들은 누가 더 물보라를 많이 뒤집어썼는지 이야기하며 마냥 즐거워한다.

해질 무렵, 사람들이 모두 조용해지면 고래의 노래가 시작되고 나지막한 몇 소절의 리듬이 반복해서 사방으로 울려 퍼진다. 나는 넋을 잃을 정도로 고래의 노래에 흠뻑 빠져들지만 누나에게 전화하는 일만큼은 결코 잊어버리지 않는다. 이 아름다운 선율을 수화기 너머의 누나에게 전해주어야 하니까.

수채 물감을 사용해 농도를 조절해가며 연한 갈색과 푸르스름한 녹색, 희미한 남색을 섬세하게 표현했다. 그리고 물감이 다 마르길 기다린 다음 아주 얇은 사인펜으로 경계선을 돋보이도록 마무리했다. 부디 장칭이 이 지도를 좋아해주길 바랐다.

완성된 지도를 보여주며 나의 이야기를 들려주자 누나가 고개를 끄덕이며 말했다.

"고래의 노래를 듣는 장면이 참 마음에 들어. 특히 네가 나한테 전화를 거는 그 부분 말이야."

금방이라도 울음을 터뜨릴 것만 같은 누나의 표정에 나는 얼른 화제를 돌렸다.

"누나 그거 알아? 전에 백과사전에서 읽었는데, 사람들이 봤다는 전설 속의 유니콘은 사실 바닷속 외뿔고래였대."

"외뿔고래한테도 기다란 뿔이 있어?"

"아니, 뿔이 아니라 긴 이빨이야. 많은 상인들이 외뿔고래의 이빨을 유니콘의 뿔이라며 거짓말을 한 거야. 게다가 그걸 가루로 내어 먹으면 병이 낫는다고 했대."

"그래도 난 하늘을 나는 유니콘을 상상하는 쪽이 훨씬 좋아. 하지만 네 얘길 듣고 보니 외뿔고래도 몹시 신비로운 동물이란 생각이 든다."

난 자못 으스대며 누나에게 내 지식을 계속해서 자랑했다.

"그런데 겨울에 해수면이 얼어버리면 외뿔고래는 얼음 속에 갇히고 말아. 호흡을 못하면 죽을 수도 있고."

"그럼 어떡해?"

"방법을 찾아야지. 그래서 얼어붙지 않은 곳까지 헤엄쳐간 다음 거기서 숨을 돌린대."

내 말에 누나는 고개를 살짝 숙이더니 들릴락말락한 목소리로 "그래."라고 외마디 대답만을 한 뒤 지도를 다시 돌려주었다. 그리고 이제 얼른 가서 양치질하고 잘 시간이라며 까먹지 말고 내일 장칭에게 지도를 꼭 전해주라는 말을 덧붙였다.

나는 침대에 누워 누나를 그리고 장칭을 생각했다. 두 사람이 세상에서 가장 신비로운 외뿔고래가 되어 따스한 바다를 자유롭게 누비길 바랐다. 영원히, 영원히, 차디찬 얼음의 계절이 닥치지 않기를. 그래서 부디 외뿔고래가 얼어 죽지 않기를.

장 선생님이 나눠준 성적표를 받아 들었을 때, 나는 내 자신이 이런 일을 해냈다는 사실이 도저히 믿기질 않았다. 반에서 5등이었다. 안타깝게도 장칭은 린지아신에게 밀려 2등이었다.

장칭이 몹시 힘들어한다는 것을 나는 한눈에 알아보았다. 당연했다. 처음으로 패배를 맛본 기분을 쉽게 극복하기 어려울 테니까.

수업이 끝나고 함께 길을 걸으며 나는 장칭을 위로했다.

"장칭, 너무 괴로워하지 마. 우리 누나가 그러는데, 실패는 원래 인생의 한 부분이래."

장칭은 못마땅한 표정으로 나를 흘겨보며 대꾸했다.

"너희 누나는 실패해본 적이 없으니까 그런 말을 했겠지."

나는 그만 참지 못하고 이런 말을 하고 말았다.

"아니야. 요즘 우리 누나 상황은 끔찍해."

동급생이었던 친구들이 전부 대학에 진학하는 모습을 지켜봐야만 하는 누나는 요즘 들어 기분이 몹시 가라앉은 상태였다. 아빠는 내 졸업도 기다릴 겸, 누나가 1년 정도 재활을 더 한 뒤에 이후의 계획들을 진행할 예정이라고 했다.

하지만 이런 일들을 장칭에게 얘기할 필요는 없었다. 가뜩이나 기분이 좋지 않은 장칭에게 구태여 나의 고민거리까지 보탤 이유가 없으니까.

나는 장칭의 기분을 풀어줄 만한 이야기를 잠시 생각하다 이렇게 말했다.

"늘 1등으로 살아야 한다면 너무 피곤하잖아! 가끔은 다른 사람더러 그 자리에 좀 가 있으라고 해. 그냥 줘버려."

장칭은 나를 째려보았지만 결국엔 빙그레 웃었다.

나는 잠시 기다렸다가 용기를 내어 작은 목소리로 말했다.

"하지만 이것만은 네가 영원히 1등이야. 내가 보증할게."

장칭이 몸을 놀려 나를 바라보았다. 눈빛은 환하게 반짝였고 미소는 너무나 아름다웠다.

심장 박동이 빨라지다 못해 터질 것만 같았다. 나는 주머니에 손을 찔러 넣은 채 주먹을 꽉 쥐었다.

"만약 내가 누군가 한 사람을 생각해야 한다면, 그게 언제가 됐든 영원히 너를 첫 번째로 떠올릴게. 약속해!"

5. 혹등고래가 너와 함께할 거야

도대체 장칭에게 무슨 일이 생긴 걸까? 내가 지도를 선물한 다음 날, 장칭은 학교에 오지 않았다. 설마 내가 준 지도가 너무 엉망진창이라 그걸 보고 몸져누운 건 아니겠지.

이튿날 학교에 온 장칭은 심한 감기 때문이었다며 선생님에게 결석 사유를 설명했다. 나는 안도의 한숨을 내쉬며 병원에 가봤는지 물어볼 생각으로 장칭의 의자를 발로 살짝 찼다. 하지만 장칭은 뒤돌아보지 않았을 뿐만 아니라 교과서에 얼굴을 파묻곤 어느 누구와도 말을 섞지 않았다.

그 뒤로 한동안 장칭은 정말로 이상하게 굴었다. 내가 말을 걸어도 고개를 가로저으며 이렇게 대답할 뿐이었다.

"곧 입학시험이야. 너도 열심히 준비해."

하지만 정작 자신은 완전히 다른 사람처럼 변해버렸다. 매번 모의고사를 볼 때마다 장칭의 성적은 점점 나빠졌고 5등에서 8등, 나중엔 11등까지 떨어졌다.

장칭은 엄청난 괴로움을 마음속으로 견디고 있음이 분명했다. 왜 나한테 말을 하지 않을까? 내가 뭔가 도와줄 일은 없을까? 장칭, 어서 기운 차려. 담임선생님이 "공부하기 싫으면 학교에 오지 마."라고 네게 소리쳤을 때 난 정말 화가 나서 책상이라도 내리치고 싶은 심정이었어.

하지만 다행히 최근 모의고사에서 장칭은 다시 1등을 차지했다. 선생님은 미소를 지으며 부드러운 목소리로 말했다.

"그래, 장칭. 문제없을 줄 알았어. 입학시험에서도 1지망 합격은 따놓은 당상이야."

하지만 난 장칭의 문제가 더 심각해졌다는 느낌이 들었다.

아빠는 미국에 계신 작은 고모와 이미 상의를 마쳤고 누나의 입학 신청을 시작한 상태였다. 게다가 미국에 가면 정교하게 설계된 의족의 도움을 받아 누나가 다시 일어서는 것도 가능하다고 했다. 앞으로는 누나가 하루 종일 휠체어에만 앉아 있지 않아도 된다는 뜻이었다. 나는 공원에서 찍어 온 사진들을 누나에게 보여주며 말했다.

“이제 다시 세상으로 나갈 수 있게 됐네.”

누나도 만족스럽다는 듯 활짝 웃었다.

요즘 들어 부쩍 이상해진 장칭 이야기를 하자 누나는 잠시 생각에 잠기더니 이렇게 물었다.

“너랑 말을 안 하는 것 말고 또 이상한 점은 없어?”

한참을 고민한 뒤 나는 이상했던 일을 또 한 가지 떠올렸다.

“지도를 엄청 사들여. 일본, 포르투갈, 태국 말고도 생전 처음 들어보는 튀니지 같은 나라의 지도까지 말이야. 정말 이상하다니까. 지도를 들고 어떤 도시를 가리키면서 도통 알 수 없는 말도 해. 길모퉁이 어딘가에 대만 이민자가 살지도 모른다나. 그러면서 그곳에 사는 사람들이 고향을 그리워하진 않을지 궁금하다는 말을 했어.”

그때 누나가 갑자기 불쑥 끼어들었다.

“딱 우리 집 얘기 같다. 이번 여름방학에 우리 전부 샌프란시스코에 가잖아. 아빠가 그러는데 이민 수속도 전부 끝났고 그곳 연구소에 아빠 일자리도 찾았대. 맞다. 린 오빠가 미국 지도 선물해줬는데 너도 볼래?”

잔뜩 흥분한 누나가 쏟아낸 말 속에서 나에게 들린 건 딱 이 한마디였다. ‘우리’가 미국에 간다니!

‘우리’라니! 난 곧바로 누나에게 물었다.

"나도 미국에 가?"

"당연하지. 몰랐어?"

의아하다는 투로 대답하는 누나를 향해 난 소리를 지르고 말았다.

"그렇게 중요한 일을 왜 아무도 나한테 말해주지 않았는데?"

"아는 줄 알았지. 우린 네가 다 아는 줄 알았어."

누나가 설명을 덧붙였다.

"아빠가 너무 바빠서 너한테 이미 이야기한 줄 아셨나 봐."

이럴 수가! 내가 이곳을 떠나야 하다니. 그럼 장칭은 어떡하라고?

나는 씩씩대며 자리에 앉았다. 그러고는 누나의 침대 다리를 발로 퍽퍽 찼다.

"난 안 갈래. 여기 남을 거야. 이모 집에 있으면 되겠네. 이모는 자식이 없으니까. 어차피 난 영어도 못하는데, 뭐. 누나도 전에 그랬잖아. 내 영어는 꼭 일본 사람 같다고……."

나를 빤히 쳐다보는 누나의 눈빛에 수많은 고민들이 어려 있었다. 그리고 잠시 뒤 누나의 눈동자에 눈물이 살짝 차올랐다. 누나는 아주 낮은 목소리로 말했다.

"네가 안 가면 나도 안 가."

"그게 말이 돼? 누나는 거기 가서 공부도 계속하고 다리도 치료해야지."

대만의 환경이 여러모로 누나에게 맞지 않다는 사실은 나도 잘 알았다. 만약 이곳에서 대학에 다닌다면 누나는 무척이나 불편할 게 뻔했다.

"내가 지금부터 하려는 얘기가 몹시 이기적으로 들릴지도 몰라. 하지만 그래도 말해야겠어."

누나가 내 손을 잡으며 아주 온화한 목소리로 입을 열었다.

"어릴 때부터 부모님은 우리한테 별로 관심이 없으셨어. 그래서 우리 둘은 뭘 하든 함께였어. 그렇지?"

난 고개만 끄덕였다.

"넌 항상 그랬잖아. 나한테 엄청 의지한다고. 사실 그 말은 반만 맞아. 난 세상 그 누구보다도 네게 의지했어."

누나가 고개를 돌려 창밖을 바라보았다. 참새 한 마리가 창가에 앉더니 '짹짹' 외마디 소리를 내고는 이내 저 멀리 날아갔다.

"만약 내 곁에 네가 없었다면, 난 이 세상에서 가장 외롭고 고독한 아이였을 거야."

울고 싶었다. 나 역시 그렇게 생각했으니까.

"지금 부모님이 나한테 온 신경을 쏟고 계시잖아. 그런데 내 감정은 좀 달라. 그게 마냥 좋지만은 않아. 이런 생각도 해봤어. 어릴 때 부모님의 사랑을 받지 못한 데다 그 사실에 이미 익숙해져버렸기 때문에, 어쩌면 다 자란 뒤에도 부모님의 사랑을 못 받아들이는 게 아닐까?"

정답을 모르는 나로선 그저 고개만 가로저을 뿐이었다. 누나처럼 똑똑한 사람도 모르는 문제를 내가 알 턱이 없었으니까.

"그래서 나 혼자 미국에 가야 한다면, 가서 그 낯선 나라와 낯선 사람들 사이에서 혼자 살아야 한다면, 솔직히 너무 무섭고 두려워! 하지만 마음 한편으론 어서 빨리 그곳에 가고 싶다는 생각도 해. 가서 의족을 착용하고, 대학에도 가고, 대학원에도 가고 싶어. 평생을 휠체어에 앉아서 살고 싶진 않으니까."

누나는 두 손으로 얼굴을 감싸며 펑펑 울었다.

내 눈에서 흐른 눈물이 콧잔등을 타고 내려와 안경을 뿌옇게 만들었다.

나는 누나를 가볍게 감싸 안았다. 흰긴수염고래 누나 그리고 어릴 때부터 나를 키워준 포근한 할머니 같은 누나.

"누나, 겁내지 마. 내가 미국에 함께 갈게."

그날 밤, 나는 잠을 이루지 못하고 하염없이 천장의 조명만 바라보았다. 이곳을 떠나, 장칭을 떠나, 완전히 새로운 세상으로 가야 한다. 앞으로 어떤 사람들을 만나고, 또 어떤 일들이 일어날까? 미국에서 보낸 편지에 답장을 받기까진 얼마나 긴 시간이 필요할까?

장칭은 나를 기억할까?

나는 침대에 누운 채 반대쪽으로 몸을 돌렸다.

장칭이 나를 기억할 이유가 없잖아? 성적도 평범하고 키도 크지 않은 데다 운동도 못하는데. 지금껏 나를 상대해준 것만으로도 고마운 일이지. 내가 이민 간다고 하면 혹시나 이렇게 대답하진 않을까? '그게 나랑 무슨 상관인데?'

설마.

요즘 들어 내내 굳은 얼굴로 지내는 장칭은 나와 거의 이야기를 나누지 않았다. 아마도 나와의 쓸데없는 잡담보다는 입학시험 준비가 훨씬 중요하다고 생각하겠지. 하지만 난 정말로 장칭과 헤어지고 싶지 않았다. 나는 확신했다. 비행기에 올라타는 바로 그 순간부터 웅변대회 날 단상 위에 올라섰던 장칭의 모습이 그리워질 거라고.

몸을 일으켜 책상 램프를 켜고 서랍을 열었다. 그리고 사촌 누나가 미국에서 보내준 CD 한 장을 꺼냈다. '고래덕후'인 나를 위해 사촌 누나가 특별히 고른 선물이었다.

혹등고래의 노래가 담긴 CD였다. 사촌 누나 말에 따르면 동물학자들이 혹등고래의 신비한 소리를 깊은 바다 속에서 직접 녹음해 제작한 것이었다. 음반 차트 상위권에 진입했을 정도로 이 CD는 미국에서 큰 인기를 끌었다고 했다.

플레이 버튼을 누르자 깊은 바닷속에서 전해지는 고요하고 평온한 소리가 방 안 가득 울려 퍼졌다. 혹등고래는 짝을 찾기 위해 깊은 바다 밑에서 꼼짝도 하지 않은 채 몇 시간이고 반복해서 노래를 부른다. 그러니까 혹등고래의 노래는 저 먼 곳 어딘가의 사랑하는 반쪽에게 바치는 선물인 셈이었다. 그 소리는 사랑과 구애의 간절한 호소인 동시에 쓸쓸함과 고단함의 분출이기도 했다.

나는 포장지에 CD를 잘 담아두었다. 내일 장칭에게 직접 선물할 생각이었다.

다음 날, 평소보다 일찍 학교에 갔다. 다음 주가 바로 졸업식이었지만 학생들은 입시 준비로 정신이 없었고 졸업을 앞둔 유쾌한 분위기라곤 전혀 느껴지지 않았다. 나름 일찍 도착했다고 생각했는데 교실에선 이미 몇몇 아이들이 시험공부를 하는 중이었다.

수업 시간 내내 선생님의 말이 전혀 귀에 들어오지 않았다. 나는 온종일 장칭의 뒷모습만 바라보았다. 장칭은 살짝 등을 굽힌 자세로 이따금 가벼운 기침을 했다. 나는 쪽지를 써서 쉬는 시간에 장칭에게 건넸다. 수업이 끝난 뒤에 함께 가자는 내용이었다.

마지막 수업이 끝났을 땐 이미 가로등 불빛이 훤한 시간이었다. 장칭과 나는 중화로의 야시장을 따라 쭉 걸었다. 걷는 내내 도대체 어떻게 말을 꺼내야 할지 나는 고민하고 또 고민했다.

마침내 장칭에게 직접 말을 했다. 7월 초에 미국으로 이민을 가게 됐다고.

장칭은 내 말을 전혀 듣지 못했다는 듯 백문조를 파는 한 노점상 앞에 서서 꼼짝도 하지 않았다. 장칭의 심정이 느껴졌다. 장칭은 마치 저 멀리 산꼭대기 어딘가에 자신의 마음을 꽁꽁 숨겨버린 사람 같았다. 우리 안에서 이리저리 날아다니는 백문조를 장칭은 그저 말없이 바라보기만 했다.

다급해진 내가 다시 물었다.

"장칭, 방금 내가 한 말 들었어?"

그러자 갑자기 장칭이 어디론가 뛰어가기 시작했다. 길을 건너 양쪽으로 수양버들이 죽 늘어선 강변을 지나치더니 어느 다리 위에 이르러서야 발걸음을 멈췄다. '도대체 왜?'라고 묻는 듯한 장칭의 눈빛에선 애원과 서운함이 묻어났다.

웃어 보이려 노력하는 것 같았지만 결국 장칭은 눈에서 눈물이 흘러내렸다.

몹시 당황한 나는 이렇게 말했다.

"그러니까, 난 전혀 미국에 가고 싶지 않은데, 누나만 보낼 수는 없으니까……."

이런 말들이 과연 무슨 소용이 있을까? 이런 허튼 소리 말고 도대체 내가 장칭에게 뭘 해줄 수 있을까. 나는 팔을 뻗어 장칭을 손을 꽉 붙잡았다. 온몸의 힘을 전부 끌어 모아서 아주 꼬옥, 아주 세게…….

눈부신 전조등을 켠 버스 한 대가 옆으로 지나갔다. 장칭은 손을 떼어내며 나를 향해 미소를 지었다.

우리는 정류장을 향해 걸었다. 3년 동안 장칭과 수없이 걸어온 길이었지만 앞으로 두 번 다시는 걸을 수 없을 그 길을.

나는 혹등고래의 CD를 꺼내 장칭에게 주었다. 미국에서 엄청난 인기를 끌었던 음반이라는 말과 함께. 장칭은 억지로 웃어 보이며 집에 가서 바로 들어보겠다고 했다. 자신도 최신 유행을 좀 알아야겠다면서.

정류장의 시계가 일곱 시를 가리켰고 장칭이 타야 할 차가 곧 도착할 시간이었다. 하고 싶은 말은 사흘 밤낮을 새도 모자랐지만 나는 무슨 말을 어디서부터 어떻게 시작해야 할지 도통 알 수가 없었다.

양손을 주머니에 찔러 넣은 채 나는 바보 같은 말을 꺼냈다.

"있잖아……. 고마워. 나를 모른 척하지 않아줘서. 그리고 나와 함께 걸어줘서."

"미국에 가더라도 언제나 기억할게. 영원히 너를 첫 번째로 떠올리겠다는 말."

이런 바보 같은 얘기를 과연 장칭이 기억해줄까?

나는 몸을 돌려 정류장을 떠났다.

혹등고래의 노래가 영원히 네 곁에 머물 수 있게 해줘. 나중에 고래의 노래를 듣게 된다면, 나를 함께 떠올려줄래?

6. 언제나 너를 첫 번째로 떠올렸어

대만에서 살 때 영어 공부를 제대로 하지 않았던 것을 뼈저리게 후회했다. 미국에 도착하자마자 난 기초 영어 듣기부터 엄마에게 다시 배워야만 했다. 다른 일반 과목은 말할 필요도 없었고. 누나의 등교는 매일 아빠가 책임졌다. 프랑스어를 전공으로 선택한 누나는 하루 종일 입술을 요상하게 오므리곤 발음 연습을 했다.

나중에 번역가가 되면 어떻겠냐는 엄마의 제안에 누나는 어깨를 한 번 으쓱해 보이더니 자신은 작가 쪽에 더 관심이 많다고 대답했다. 단지 원서들을 직접 읽어보고 싶어서 프랑스어를 배울 뿐이라며 다음 순서는 이탈리아어 공부라고 말했다.

가장 감격스러웠던 순간은 누나가 두 다리로 다시 일어섰을 때였다.

물론 그렇게 되기까지는 엄청난 고통의 시간이 필요했다. 하지만 누나의 강인한 의지는 실로 대단했고 재활을 도와주던 통통한 금발의 간호사조차 남몰래 감동의 눈물을 훔칠 정도였다.

나는 집에서 그리 멀지 않은 곳의 한 대학에 입학했다. 전공은 컴퓨터였지만 사진에 훨씬 더 흥미를 느꼈던 터라 대학 사진 동아리에 가입했다. 단안카메라(Monocular camera)를 한 대 사서 휴일이면 동아리 친구들과 함께 산으로 바다로 출사를 다녔다.

내가 찍은 작품들을 보여주자 누나는 놀란 얼굴로 이렇게 말했다.

"따이리더, 드디어 우리 집안에 진정한 아름다움을 이해하는 예술가가 탄생했어."

누나는 내가 예술 쪽으로 전공을 바꿔야 한다고 강력히 주장했다. 그럼 내 작품에도 훨씬 깊이가 더해질 거라며 말이다.

처음부터 부모님은 내가 전공을 바꾸는 것을 반대했었다. 사진은 그저 취미로 충분하다는 이유에서였다. 부모님과 나는 아주 오랫동안 팽팽히 맞섰고 끝까지 나를 지지해준 사람은 물론 누나였다.

"정 안 되면 대만으로 돌아가서 웨딩 촬영 스튜디오라도 개업

해. 광고 문구는 누나가 만들어줄게."

부모님은 고개를 절레절레 가로저으며 한숨을 내쉬었고 결국엔 내가 전공을 바꾸는 걸 허락했다.

린 형은 누나를 위해 일부러 미국으로 건너와 박사 과정을 밟았고 자신의 졸업식 날 직접 만든 꽃다발과 함께 누나에게 청혼을 했다. 말라비틀어진 목면화 몇 송이가 담긴 꽃다발이었다. 린 형은 멋쩍다는 듯 머리를 긁적이며 말했다.

"차를 몰고 정말 오랫동안 돌아다녔지만 겨우 몇 송이 밖에 줍질 못했어. 미안해. 철사로 잘 묶는다고 묶었는데 영 엉망이네."

누나는 한참이나 린 형을 바라보다가 나를 쳐다보며 이렇게 말했다.

"동생아, 미안하다. 이제부터 내가 최고로 사랑하는 남자는 네가 아니야."

나는 누나를 꼭 끌어안으며 진심으로 두 사람의 행복을 기원했다. 그리고 그 순간 장칭을 떠올렸다. 바보처럼 장칭에게 이런 장담을 했었지.

'영원히 너를 첫 번째로 떠올릴게. 약속해!'

장칭은 도대체 어디 있는 걸까?

대학교 1학년 때 편지를 보냈지만 장칭에게선 아무런 답장도 없었다. 나를 잊어버렸을까? 아니면 이사를 갔을까?

졸업 후 사진전 입상을 계기로 나는 한 여행 잡지사에서 일을 하게 되었다. 글을 쓰는 기자와 동행해 세계 각지에서 사진을 찍는 것이 나의 주요 임무였다. 나는 새로운 곳에 도착할 때마다 맡은 업무 외에도 따로 특별한 풍경을 찾아다니며 사진을 찍었다. 먼 훗날 오롯이 나만의 사진집을 출판하고 싶었기 때문이다. 글을 써주겠다는 약속도 이미 누나에게 받아둔 터였다.

당시에 장칭이 내게 보여주었던 일본, 포르투갈, 방콕 등 지도의 장소들을 전부 가보았다. 심지어 인도네시아에서는 일주일간 휴가를 보내기도 했다. 다른 나라에 가면 습관적으로 엽서를 샀다. 그리고 몇 줄의 감상과 함께 장칭의 이름을 적어 샌프란시스코의 우리 집으로 부쳤다. 그 엽서들은 엄마가 받아서 잘 보관해두고 있었다.

세계 각지에서 장칭에게 보낸 엽서가 이젠 꽤 많이 쌓였다. 엄마는 이런 내가 바보 같다며 도무지 이해가 안 된다고 했지만, 단 한 사람 누나만큼은 나를 이해해주었다.

“네가 이러는 걸 아마 장칭은 알고 있을 거야.”

리스본의 박물관 앞에서 아이스크림을 핥아먹으며 나는 마음속으로 저 먼 곳 어딘가의 장칭을 향해 물었다.

‘잘 지내니? 이제는 혹등고래의 노래를 이해할 수 있겠니?’

최근에는 일 때문에 호주로 출장을 가야 했다. 나는 몇 날 며칠을 잠시도 쉬지 못하고 초원의 양 떼와 유칼립투스 나무 위의 코알라를 찍느라 녹초가 된 상태였다. 그런데 샌프란시스코로 돌아오자마자 편집장이 또 다른 일거리를 던져주었다.

"내일 서예전이 열리는데, 대만에서 온 유명한 서예가라더군. 왕 씨 성을 가진 아주 젊은 여자래. 자네랑 조셉이 가서 특별 인터뷰 좀 해줘야겠어. 요즘 미국에 동양풍이 유행이잖아. 분명 독자들도 그런 이국적 분위기를 좋아할 테니까."

맙소사. 서예전이라니! 그래도 '요가전'은 아니라서 다행이네. 나와 조셉은 우스꽝스러운 표정으로 서로를 바라보며 웃음을 터뜨렸다.

집으로 돌아와 침대에 누워 장칭에게 보냈던 엽서들을 하나하나 들여다보았다. 대만에서 온 서예가가 왕 씨가 아니라 장 씨라면 좋을 텐데. 나도 모르게 한숨이 새어 나왔다.

그동안 장칭과의 우연한 만남을 수도 없이 상상해보았다. 어쩌면 우연히 다시 마주치게 될지도 모른다고. 타이베이에서, 혹은 뉴욕에서, 아니면 그 시절 우리가 마지막으로 헤어졌던 지저분한 정류장에서. 하지만 회사 일은 너무나 바빴고 매번 대만에 가겠노라 마음먹을 때마다 밀려드는 업무로 시간을 내지 못했다.

장칭을 만난다면, 무슨 말을 해야 할까? '안녕?' 이런 건 너무 밋밋한데. 아마도 난 이렇게 말할 것 같다.

'언제나 너를 첫 번째로 떠올렸어.'

정말이야.

나의 지도 소녀, 영원히 너를 첫 번째로 떠올릴게.

7. 에필로그

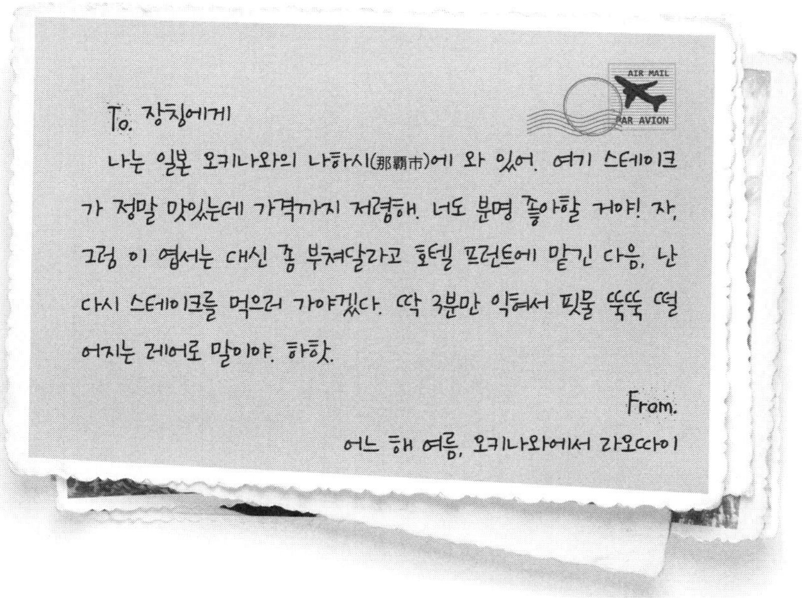

To. 장칭에게

나는 일본 오키나와의 나하시(那覇市)에 와 있어. 여기 스테이크가 정말 맛있는데 가격까지 저렴해. 너도 분명 좋아할 거야! 자, 그럼 이 엽서는 대신 좀 부쳐달라고 호텔 프런트에 맡긴 다음, 난 다시 스테이크를 먹으러 가야겠다. 딱 3분만 익혀서 핏물 뚝뚝 떨어지는 레어로 말이야. 하핫.

From.

어느 해 여름, 오키나와에서 라오따이

To. 장칭에게

네 지도의 설명이 맞았어. 리스본은 정확히 타구스강의 하구 구릉지에 위치해. 난 지금 '해양박물관' 앞 계단에 앉아 이 엽서를 쓰는 중이야. 포르투갈 사람들은 자신들의 항해 기술을 몹시 자랑스럽게 생각하는데, 박물관에서도 그 위대한 업적들이 충분히 느껴지더라. 그럼, 옛 영광은 이만 리스본에 남겨두고, 난 달콤한 아이스크림이나 먹어야겠다.

From.

어느 해 봄, 리스본에서 라오따이

To. 장칭에게

'튀니지'는 북아프리카 지중해 연안의 작은 나라야(전에 네가 지도를 보여줬었지). 이곳에서 가장 유명한 장소는 카르타고 유적지인데, 작은 도로 양쪽에 죽 늘어선 아이들의 묘비를 보고 정말 큰 충격을 받았어(동시에 소름도 돋았고). 세상에, 당시 사람들은 여신에게 어린 아이를 제물로 바쳤대!

하지만 난 이내 담담하게 이곳 특산물인 양고기 구이를 잔뜩 먹었어. 이 엽서가 무사히 네게 도착하면 좋겠다.

From.

어느 해 겨울, 튀니지에서 라오따이

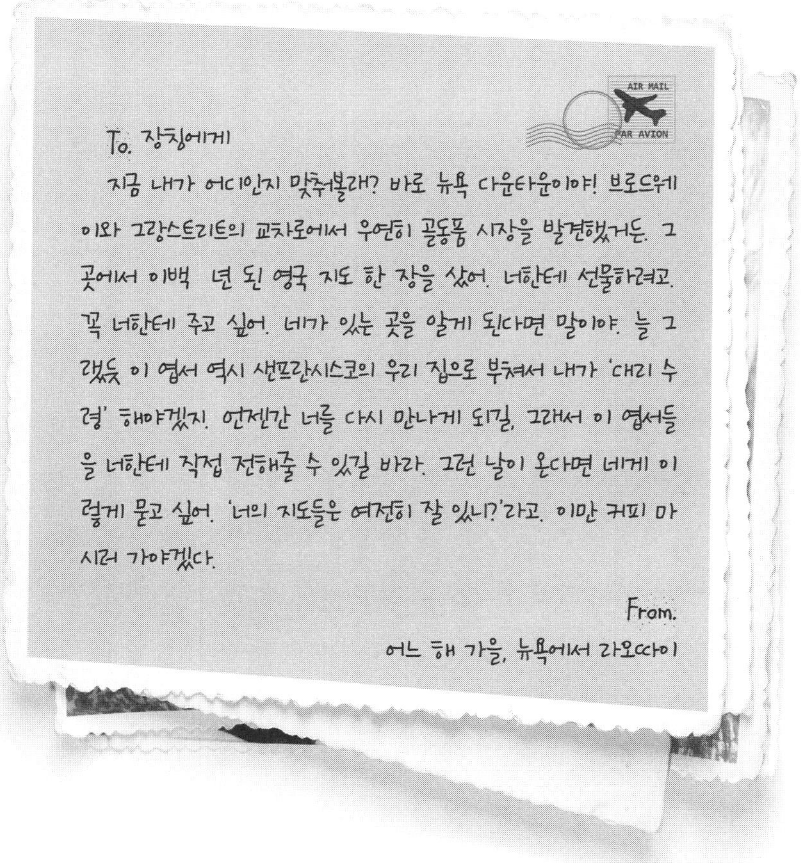

To. 장칭에게

지금 내가 어디인지 맞춰볼래? 바로 뉴욕 다운타운이야! 브로드웨이와 그랑스트리트의 교차로에서 우연히 골동품 시장을 발견했거든. 그곳에서 이백 년 된 영국 지도 한 장을 샀어. 너한테 선물하려고. 꼭 너한테 주고 싶어. 네가 있는 곳을 알게 된다면 말이야. 늘 그랬듯 이 엽서 역시 샌프란시스코의 우리 집으로 부쳐서 내가 '대리 수령' 해야겠지. 언젠간 너를 다시 만나게 되길, 그래서 이 엽서들을 너한테 직접 전해줄 수 있길 바라. 그런 날이 온다면 네게 이렇게 묻고 싶어. '너의 지도들은 여전히 잘 있니?'라고. 이만 커피 마시러 가야겠다.

From.

어느 해 가을, 뉴욕에서 라오따이

작가의 말

사랑을 맞닥뜨리게 된다면,
가장 아름다운 방식으로 사랑하길.

몇 년 전, 작가이자 친구인 왕지아천이 나의 작품『어린 시절 고백록』에 추천사를 써준 적이 있었다. 그녀는 나의 글에 유독 눈길을 끄는 내용이 등장한다며 나와 어린 시절을 내내 함께했던 '라오따이'에 대해 언급했다. 그 꼬마 남자아이가 어찌나 선량하고 다정하던지, 글을 읽던 자신마저 라오따이를 좋아하게 되었다고 말이다. 지아천은 내게 물었다. 라오따이가 허구의 인물인지 아니면 진짜인지.

『지도를 모으는 소녀, 고래를 쫓는 소년』이 그 질문의 답이다. 라오따이라는 인물은 실제로 존재했을 뿐만 아니라 그들의 이야기는 무려 10년이나 지속되었다. 역시나 작가란 그런 사람인 듯 싶다. 본인의 삶에서 가장 감동적이었던 부분을 쓰지 않곤 못 배기는. 나의 어린 시절 속 순정남은 묵묵히 내 곁을 지켰지만 우리는 끝내 이루어지지 못했다. 하지만 나의 기억 속에서 그 아이는 언제나 가장 먼저 떠오르는 아름다운 과거로 남아 있다. 나는 책을 한 권 꼭 쓰고 싶었다. 그리고 이 땅의 모든 소년소녀들에게 말해주고 싶었다. 만약 사랑을 맞닥뜨리게 된다면, 가장 아름다운 방식으로 사랑하라고.

특별히 주인공 두 명의 이야기를 나란히 진행시켜보았다. 플롯은 똑같지만 소년 파트에서는 마음속 고민을 떠안은 남학생이 자신에게 닥친 일을 어떤 식으로 풀어가는지 볼 수 있고, 소녀 파트에서는 비밀을 간직한 여학생의 입장을 들여다 볼 수 있다. 대만 출판본에서는 앞뒤 양쪽에서 각각의 이야기가 전개되기에 두 사람의 만남 여부에 가장 결정적인 부분은 책의 중앙에 이르러야 등장한다.

『지도를 모으는 소녀, 고래를 쫓는 소년』은 출판 후 21쇄를 찍었다. 그리고 초등학교 고학년과 중학교 선생님들에게 남녀 청소년의 '감정을 잘 묘사한' 책이라는 추천을 받았다. 무척 많은 독자들의 편지도 쏟아졌는데, 사랑에 취한 행복에서부터 실연의 고통에 이르기까지 모두가 감정의 희로애락을 흉금 없이 내게 털어놓았다. 하지만 독자들과 만날 때마다 가장 많이 받는 질문은

"도대체 남녀 주인공이 나중에 다시 만나나요? 아니면 만나지 못하나요?"였다.

1편 말미에서 헤어진 두 주인공에게는 10년 후 다시 만날 기회가 찾아온다. 나는 잔뜩 뜸만 들이고 독자들에게 결말을 알려주지 않았다. 어쩌면 만났을지도, 어쩌면 아닐지도 모른다. 그래서 이 이야기는 해피엔딩일 수도, 새드엔딩일 수도 있다.

소설의 줄거리가 꽤나 파급력이 강했던지 많은 독자들이 두 사람의 만남에 관심을 보였다. 심지어 누군가 인터넷에 올린 결말을 나 역시 읽어보았을 정도였으니 말이다. 딸아이는 내게 이렇게 캐물었다. "설마 두 사람을 또다시 엇갈리게 할 셈이었어? 아님 행복한 결말이었어?"

참으로 흥미로운 일은 이야기 속의 또 한 사람, 바로 장칭의 엄마에 대한 관심이었다. 엄마가 자신의 감정을 좇아 집을 나가 버리자 장칭의 삶에선 한 줄기 빛이 사라지고 만다. 어떤 독자는 나에게 거듭 이런 부탁을 해왔다. "만약 다음 이야기를 쓰시게 된다면, 장칭의 엄마가 집으로 돌아오는지 꼭 알려주세요."

독자들의 이러한 관심 덕분에 다시금 나의 상상이 시작되었다. "만약 언젠가 속편을 쓰게 된다면 과연 두 주인공을 만나게 해야 할까 아님 만나지 못하게 해야 할까?" 나는 딸아이에게 다음 이야기를 쓰겠노라 호언장담해둔 터였지만 타고난 게으름은 차치하고 여러 가지 작업들까지 동시에 진행해야 하는 상황이었다. 그런데 최근 몇 년 동안 독자들이 이 책을 언급할 때마다 속편을 써야겠다는 생각이 마음속에서 스멀스멀 피어올랐다.

2007년 어느 날, 나는 M이라는 발신자로부터 한 통의 이메일을 받았다. 컴퓨터 엔지니어였던 M은 메일 속에서 지도 소녀와 관련된 자신의 이야기를 들려주었는데, 이를 계기로 나는 마침내 이 소설을 '완결지어야겠다'고 마음먹었다. (공교롭게도 소설 속 두 주인공에겐 10년 후 재회의 기회가 생겼고, 속편은 정말로 10년 만에 완성되었다.)

M에겐 F라는 이성 친구가 있었다. 그녀는 지리 선생님이었다. 어느 날 두 사람이 서점을 구경하던 중 F는 『지도를 모으는 소녀, 고래를 쫓는 소년』을 발견하곤 호기심이 생겼다. "어, 지도 소녀라니, 지리 선생님 얘기인가?"

책을 읽은 두 사람은 그것이 꽤 슬픈 이야기였음을 알게 된다. 하지만 실제 삶에서의 슬픔이란 소설보다 훨씬 묵직했다. F는 M의 깊은 감정을 알았지만 자신과는 상관없는 일이라 생각했고, M은 자신의 깊은 감정이 꼭 사랑으로 이어지리란 보장이 없다는 사실을 알았다. 그럼에도 불구하고 M은 그 감정을 지켜냈고, 기다렸다. 마음속 고통을 조용히 쓸어내리면서.

M이 나에게 보낸 메일은 어쩌면 가장 고통스러운 순간에 원했

던 약간의 무뎌짐이었는지도 모른다. 그렇게 이야기를 하며 조금이나마 털어버리길 원했을지도 모른다. 물론 내가 해줄 수 있는 일은 아무것도 없었다. 우리는 그렇게 서로의 소식을 주고받았고 직접 만나 이야기도 나누었다. 나는 심지어 M에게 동료를 소개시켜줄 생각까지 했었다. 하지만 M은 눈가에 부드러운 미소를 지으며 예의바른 태도로 조용히 고개를 가로저었다. M과 헤어지고 돌아오면서 나는 내가 얼마나 바보 같은 짓을 했는지를 깨닫고 스스로에게 분노했다.

사랑이란 때론 다가오고, 때론 떠나간다. 그런데 누군가는 한사코 아무것도 잡으려 하지 않는다. 그는 자신에게 주어진 아주 소소한 사랑만을 조심스레 지켜나가기 때문이다.

나이와 상관없이 M과 나는 아주 좋은 친구가 되었다. 그 후로 나는 단 한 번도 F에 대해 묻지 않았다. M을 위해 내가 할 수 있는 일은 책을 쓰는 것이었다. 책을 통해 내가 사랑을 바라보는 방식을 전달하고 싶었다. 나는 누군가를 치료하거나 혹은 돌보는 사람이 될 생각은 없다. 그저 이 세상의 남녀들이 마음 아플 때, 가슴 찢어질 때, 내 마음도 함께 아팠을 뿐이다. 그래서 일단 글쓰기를 통해 내 자신을 먼저 치유하고 싶었다.

속편을 쓰면서 '좌우 페이지 대조 방식'으로 편집을 바꾸었다. 독자들은 오른쪽 페이지에서 소녀의 이야기를, 왼쪽 페이지에서는 소년의 이야기를 읽게 된다. 대부분의 독자들에게 익숙한 읽기 방식과는 사뭇 다르지만, 이렇게 해야만 내가 하고 싶은 이야기가 온전히 표현될 거라 생각했다. 책을 다 읽고 나면 독자들 역시 내가 왜 그랬는지 이해해주리라 믿는다.

원래 속편의 제목은 10년 전 제목과는 정반대로 〈고래를 쫓는 소녀, 지도를 모으는 소년〉이었다. 지도와 전혀 닮지 않은 지도 소녀는 자유를 몹시 사랑했던 반면 고래 소년은 그 자신이 가장 믿음직스러운 한 장의 지도였기 때문이다. 하지만 이런 생각도 들었다. 두 사람 모두에게 지도가 그리고 고래가 조금씩 존재하지 않을까? 그래서 속편은 『지도를 모으는 소녀, 고래를 쫓는 소년』이란 원래의 각인을 그대로 따랐다.

고래일까, 아니면 지도일까? 여러분은 어느 쪽인지 궁금하다. 감정 앞에서, 자유롭게 유영하는 고래가 되고 싶은지 아니면 믿을 만한 지도가 되고 싶은지 말이다. 어쩌면 삶에는 고래와 지도가 모두 존재할지 모른다. 혹은 그 어디에도 해당하지 않는, 규정할 방법이 없는 감정의 논조가 존재할지도 모른다. 어찌됐든 이야기 속 인물들은 모종의 사랑을 저마다 신실하게 지켜냈다. 사랑이 없다면, 사랑에 빠지지 못한다면, 우리의 삶은 얼마나 무료할까.

살짝 덧붙이자면, 속편의 한 인물은 딸아이를 모델로 삼았다.

누구인지 짐작이 되시는지? 많은 독자들이 알고 있듯 〈학교에 가요〉 시리즈는 아들의 이야기였다. 이제 딸아이에게도 배역 한 자리를 주었으니 그야말로 공평한 작가 엄마가 되었다.

2012년 8월 기념판 출판에 앞서

왕수펀

옮긴이의 말

온갖 자극적인 주제가 넘쳐나는 세상에서 '첫사랑'만큼은 그 순수함을 여전히 잘 간직한 단어가 아닐까 합니다. 중국어 번체자로 '첫사랑'은 '初戀(초련)'입니다. 처음 초, 사모할 련, 말 그대로 '처음 사랑'이란 뜻입니다. 그런데 이 책 어디에도 첫사랑이란 말은 등장하지 않습니다. 마지막 책장을 덮고 나서야 비로소 알게 되죠. 장칭과 라오따이, 두 사람 서로에게 가장 잘 어울리는 단어가 바로 '첫사랑'이란 사실을 말입니다.

물론 장칭과 라오따이가 교류한 3년이란 시간을 단순히 사랑이란 범주에 포함시켜버린다면 조금 편협한 시각으로 보일지도 모르겠습니다. 그 안에는 10대의 소년 소녀가 느꼈던 수많은 감정이 포함되어 있기 때문입니다. 그것이 때로는 단순한 우정일 수도, 혹은 연민과 동정이었을 수도 있으니까요. 하지만 10년의 세월이 흘렀음에도 불구하고 장칭은 아빠의 손을 꼭 잡으며 그 시절 자신의 손을 잡아주었던 라오따이를 생각합니다. 라오따이 역시 뉴욕 어느 거리의 벼룩시장에서 옛 지도를 발견하곤 오롯이 장칭을 생각하죠. '여전히 나를 첫 번째로 떠올리니?'라는 장칭의 마지막 질문에 라오따이는 대답합니다. '언제나 너를 첫 번째로 떠올렸어.' 이렇듯 오랜 시간 동안 서로의 삶에서 크나큰 자리를 차지했던 두 사람에게는 기꺼이 '첫사랑'이란 단어를 내어주어도 좋겠다고 생각했습니다.

이 책의 분위기가 흔한 첫사랑 이야기와 사뭇 다른 이유는 작가가 두 주인공에게 부여한 '지도'와 '고래'라는 특징 때문입니다. 두 주인공의 말 못할 아픔과 상처를 대변하는 지도와 고래, 이것이 전혀 어울릴 것 같지 않은 두 사람을 묘하게 이어주는 고리가 되고 서로를 이해하는 매개체 역할을 해줍니다. 참으로 아이러니하게도 마지막 장면에서 장칭에겐 '고래의 울음소리'가, 라오따이에게는 '지도 위에서 보낸 엽서'가 남았습니다. 개인적으로 식상한 해피엔딩보다는 상상의 여지를 남겨둔 결말이 훨씬 긴 여운을 준다고 생각해왔습니다. 그러나 성인이 된 후에도 서로의 지도와 고래를 소중히 간직한 채 살아가고 있는 장칭과 라오따이를 보며 작가가 제시한 결말 너머가 부디 흔하디흔한 해피엔딩이길 기대했습니다.

물리적인 거리가 멀어지면 어쩔 수 없이 연락이 끊겨버리던 시절이 있었습니다. 휴대폰과 각종 소셜미디어로 무장한 요즘 세대는 이 모든 것들이 어쩌면 이해 못할 이야기일지도 모르겠습니다. 지구 반대편의 친구와도 언제든 손쉽게 연결되는 요즘 세상을 살아가며 가끔은 이런 생각을 해봅니다. 사람과 사람을 연결시켜주는 것은 휴대폰도, 이메일이나 SNS 계정도 아닌 바로 '마음'이라고 말입니다. 장칭과 라오따이가 서로에게 건넸던 마음 한 조각, 먼 훗날 언젠가 지금을 되돌아볼 때 그런 마음 한 조각이 여러분에게도 남아 있길 바랍니다.

2018년 8월

조윤진

지도를
모으는
소녀

고래를
쫓는
소년

초판 발행 2018년 08월 15일
초판 7쇄 2020년 05월 15일

저자 왕수편
역자 조윤진
발행인 이진곤
발행처 블랙홀
출판등록 제 25100-2015-000077호(2015년 10월 26일)
주소 경기도 파주시 문발로 405
전화 02-338-0092
팩스 02-338-0097
홈페이지 www.seentalk.co.kr
E-mail seentalk@naver.com

ISBN 979-11-88974-16-0 44820
ISBN 979-11-956569-0-5 44800 (세트)

이 도서의 국립중앙도서관 출판예정도서목록(CIP)은 서지정보유통지원시스템 홈페이지(http://seoji.nl.go.kr)와 국가자료공동목록시스템(http://www.nl.go.kr/kolisnet)에서 이용하실 수 있습니다.(CIP제어번호: CIP2018023956)

블랙홀은 씨앤톡의 자매 회사입니다.